BBULMEDIA

http://www.bbulmedia.com

광해경

解行 光

解光經

이훈영 신무협 장편 소설

광해경

8

뿔미디어

| 목차 |

第一章 한 잔 술에 | 7

第二章 동향(動向) | 49

第三章 시절은 흘러가도 | 79

第四章 격동(激動) | 103

第五章 검제(劍帝) | 135

第六章 사천에서 | 179

第七章 비사(秘事) | 205

第八章 칠성절(七星節) | 229

第九章 천목산을 향한 여정들 | 251

第十章 천목지회(天木之會) | 285

第一章

한 잔 술에

단오절의 동정호변은 용선(龍船) 경주를 보기 위해 각
지에서 모여든 인파들로 가득했다.

　물살을 가르며 힘차게 질주하는 수십 척의 배들과 각
기 저마다 자신이 응원하는 용선을 향해 뜨거운 응원의
함성을 토해내는 이들로 동정호의 분위기는 한껏 달아올
라 있었다.

　호변을 둘러싼 헤아릴 수 없는 인파, 물살을 가르는 용
선들의 거침없는 질주, 그리고 왁자하게 떠드는 사람들의
외침까지 더해진 동정호변의 광경은 지켜보는 것만으로
도 흥취가 절로 일게 하는 기이한 힘이 있었다.

　한데 특이한 것은 그 동정호변에서도 전망 좋기로 으

뜸이라는 악양루 주변이 한가하기만 하다는 것이다.

그도 그럴 것이 관부의 나졸로 보이는 이들 수십이 바짝 군기 든 모습으로 악양루 주변을 철통같이 호위하고 있으니 누구 하나 감히 그 인근으로 발걸음을 옮기지 못하고 있는 것이다.

한눈에도 높은 관리가 악양루에 머물고 있음을 파악할 수 있는 상황, 그로 인해 호변의 분위기와는 전혀 다르게 악양루 일대는 고즈넉하다는 느낌마저 풍겼다.

그런 악양루의 가장 꼭대기 층인 삼층 전각엔 젊은 사내들과 여인의 목소리가 어울려지며 때 아닌 술자리가 한창이었다.

비록 세간에 개방되어 오가는 이들이 제약 없이 드나들게 되었다고는 하지만 과거엔 군부의 요충지로 악양성을 수호하는 망루의 기능을 하던 곳이 바로 악양루다.

그런 곳에서 술판이 쉬 허락될 리 없음은 당연한 일, 한데도 이렇듯 관부의 호위를 받으며 보란 듯이 술자리를 만들 수 있다는 것은 그만큼이나 그곳에 자리한 이들의 신분이 범상치 않다는 것을 말해주는 것이었다.

"그러니까, 북경에서 여기까지 단둘이 동행해 왔다는 거 아닙니까? 그런데도 둘이 정말 아무 사이가 아니라구요?"

"혁 공자님은 말씀을 정말 재미있게 하시네요. 유 공자님과 소녀가 언제 아무 사이가 아니라 했습니까? 유 공자님과 저는 남녀를 떠나 서로 벗이 되기로 한 사이라 분명히 말씀드리지 않았습니까?"

"오호! 벗이라?"

주거니 받거니 이야기를 나누며 술자리의 분위기를 주도하는 것은 혁무린과 당예예였다.

처음 대면한 지 고작 반나절도 되지 않은 사이였지만 두 사람은 마치 아주 오랜 시간 만나 온 것처럼 스스럼없이 대화를 나누었다.

무린이야 본래 성격이 그래서 그런지 하기 어려운 이야기도 쉽게 툭툭 내던지는 편이라 하지만 이를 능수능란하게 상대하는 당예예의 거침없는 태도는 얼마간 그녀와 동행해 왔던 연후에게도 꽤나 생경한 모습이었다.

특히나 그녀와 자신을 이상한 관계로 자꾸만 몰아가는 무린 때문에 자칫 자리가 더없이 불편해질 뻔했던 상황들을 그녀가 당당한 태도로 일축해 버리니 마음 한편으론 고마운 마음이 다 일 지경이었다.

사실 겉으로 보이는 분위기야 무린과 당예예의 화기애애한 모습 때문에 더없이 밝아 보인다지만 그 속내까지 그런 것은 아니었다.

뜻밖의 장소에서 다시 만난 자운 공주와 그 옆에 묵묵히 자리를 지키고 있는 단목강의 굳어 있는 표정도 불편한 것이 당연했지만, 원체 말이 없는 사다인이나 그 옆에 앉아 부끄러운 듯 고개를 숙이고 있는 은서린의 존재 역시 연후에겐 마냥 편할 수가 없는 것이었다.

은서린이란 여인이 자신과 자운 공주와의 혼담 이야기를 듣고 난 후 몇 날 며칠을 대성통곡했던 일을 분명히 기억했다.

부상당한 사다인을 팽개치다시피 하며 서둘러 무곡을 떠난 속내에는 그녀의 존재가 한몫했다는 것을 부인하기 힘든 것이다.

그나마 다행이라면 구양복이란 복사의 점괘처럼 두 사람의 인연의 괘가 이어졌는지 은서린이란 여인이 이따금씩 사다인을 보는 눈빛에서 짙은 연모의 마음이 느껴진다는 것이다.

그러한 것은 무린 옆에 앉은 단목연화에게서도 확연히 드러났다.

다만 그런 단목연화가 단목강의 누이라는 것을 처음 알게 된 것이나, 묘하게도 늘 사람을 대하며 웃기만 하던 무린이 유독 그녀만은 냉랭하게 대한다는 느낌을 지울 수가 없어 그 내막이 자못 궁금하기까지 했다.

연후 역시 남녀 사이의 일에 능한 편은 아니었지만 두 사람 사이에 미묘한 감정이 오간다는 것을 모를 정도로 바보는 아닌 것이다.

하나 그런 소소한 것들보다 이 자리를 정말로 불편하게 만드는 것은 당예예의 존재였다.

그녀는 지나치게 밝았다.

그것이 무림세가의 여식으로 배워 온 처세의 묘 때문인지 그도 아니면 강호의 무인이기 때문인지 그것도 아니면 그저 그녀의 천성이 그러하기 때문인지는 알 수 없었다.

다만 이 자리에서 내비치고 있는 당예예의 모습이 쉬 이해되지 않는다는 것만은 틀림이 없었다.

연후가 그런 생각을 하는 것은 그저 남녀 관계의 일 때문이 아니었다.

이곳에 특히나 그녀의 맞은편에 묵묵히 앉아 술잔을 기울이고 있는 자신의 지기 사다인이 있다.

흑면수라, 혹은 벽마라 불리는 이가 바로 자신의 친우다.

그리고 그 친우의 손에 그녀의 부친이 죽었다는 사실을 아는 연후이기에 무린과 격의 없이 이야기하며 더없이 환하게 미소를 짓고 있는 당예예의 모습을 도저히 이해할 수가 없는 것이다.

더더구나 그런 당예예의 모습이 전혀 가식처럼 느껴지지 않는다는 사실마저도 연후를 당혹스럽게 만드는 일 중 하나였다.

그런 당예예와 무린의 대화가 한참이나 즐겁게 이어지던 와중 느닷없는 무린의 질문이 그녀에게 이어졌다.

"그런데 예쁜 아가씨, 당신 괜찮은 거야? 사천당가의 식솔이라며? 저 녀석과 같이 있어도 되는 건가."

무린이 슬쩍 사다인을 곁눈질하며 그리 말하자 좌중의 분위기가 갑작스레 싸늘하게 식어 갔다.

그녀가 스스로 당예예라 밝혔지만 누구도 그녀가 사천당가 출신일 것이라 생각지 못한 탓이었다.

당가라면 오수련 출신, 이는 비단 사다인뿐 아니라 단목강과도 적이 될 수밖에 없는 사이란 말이었다.

사정이 그러한데다가 연후가 직접 이 자리까지 동행해 온 여인이 바로 당가 출신의 그녀이고 보니 대놓고 적의를 표하기도 뭐하고 그렇다고 마냥 살갑게 대하기도 힘든 이상한 상황이 되어 버린 것이다.

그나마 사다인과 단목강의 눈빛이 조금 변했을 뿐이다.

그렇다고 해도 조금 전과 달리 서늘하게 변한 분위기로 잠시간 무거운 침묵이 이어지는 것은 피할 수가 없었다.

좌중의 시선이 당예예에게 모인 것 역시 어쩔 수가 없는 일이었고.

"제 아버님을 강호인들은 암왕이라 부르셨습니다."

그녀의 그 한마디에 모두들 조금 전보다 더한 반응을 보였고, 그중 술자리 가장 구석에 앉은 음자대주 암천은 깜짝 놀라 들이키던 술이 목에 걸릴 지경이었다.

암왕 당이종이라면 당대 사천당가의 가주였다.

아직까지 신임 가주가 전해지지 않았으니 전대 가주라 부를 수도 없는 이가 바로 당이종이며 그의 딸이 천수(千手)란 별호로 불릴 정도로 뛰어난 여인이란 소문은 알게 모르게 널리 퍼진 이야기였다.

물론 그곳엔 연후처럼 강호의 일에 능통하지 못한 이들이 제법 있어 그녀의 별호가 십수(十秀)라 칭해지는 강호 후기지수들 중 한자리를 차지하고 있다는 사실이나, 그녀의 미모가 제갈세가의 여식이자 오수련의 총군사를 역임했던 제갈소소와 더불어 강남 이화(二花)로 따로 불리고 있다는 사실을 알지 못하는 것이 사실이었다.

물론 단목세가가 멸문의 화를 당하지 않았다면 이 자리에 있는 단목연화 역시 그녀들과 이름을 나란히 했을 것이고.

하나 그런 것들이야 그저 호사가들의 이야기 속에나 어울릴 법한 것일 뿐이며 그녀의 위치가 차지하는 무게는 전혀 다른 곳에 있었다.

당장 그녀가 암왕의 일점혈육이란 사실 하나만으로도 혼란에 처한 당가의 후계 구도에 막강한 영향력을 끼칠 수 있는 존재라는 사실, 이를 아는 이는 단목세가 출신의 오누이와 음자대주 암천 정도였다.

사실이 그렇다는 것은 추후 그녀의 행보가 단목세가의 재건과도 결코 무관할 수 없단 사실을 뜻하는 것이고.

여하간 그런 것을 아는 이나 모르는 이나 그녀가 사다인과 불공대천의 원수라는 사실만은 충분히 인지하고 있으니 그녀의 존재로 인해 서늘해진 분위기는 쉬 돌이킬 수 없는 방향으로 흘러가는 듯했다.

그럴 즈음 다시금 흘러나온 당예예의 나직한 목소리.

"어떠하셨습니까? 아버님의 마지막은……."

그녀의 예기치 못한 음성에 분위기는 더더욱 싸늘해졌다.

놀랍게도 그녀가 정공으로 사다인을 향해 입을 떼었으니 그 모습은 조금 전 마냥 밝게만 보이던 모습과는 전혀 달랐다.

또한 그로 인해 사다인과 얽힌 그녀의 악연이 피할 길

이 없을 것이란 짐작을 하게 만들었다.

잠시간 이어진 무거운 침묵, 그리고 이내 사다인의 투박한 음성이 흘렀다.

"그는 이제껏 내가 싸워 온 중원인 중 최고였다. 남만의 대전사로서 할 수 있는 최선의 예로 그를 상대했다."

사다인의 일말의 흔들림도 없는 음성에 당예예의 눈빛이 잠시간 크게 일렁였다.

그때 다시 이어진 사다인의 나직한 음성.

"그 덕분에 죽을 뻔했지. 아니 저 녀석이 없었다면 분명 그리되었을 것이다."

사다인이 연후를 바라보며 입가에 쓴웃음을 지었다.

그런 사다인이 무슨 생각을 하고 있는지 연후 또한 충분히 짐작할 수 있었다.

아마도 네게 빚을 졌다라거나 혹은 그때는 고마웠다라는 종류의 말이 그 입가에 맴돌고 있으리라.

하나 연후나 사다인은 그런 말들을 입 밖으로 쉬 꺼내놓을 사내들은 아니었다.

말하지 않아도 알 수 있는 것들이 있으며 이는 두 사람은 물론이요 함께 자리하고 있는 무린이나 단목강 모두가 충분히 짐작할 수 있는 것들이었다.

그렇게 이어지는 침묵과 그속에서 오가는 이심전심으

로 통하는 묵언의 대화를 느끼며 당예예의 입가에 한 줄
기 희미한 미소가 그려졌다.

"그렇군요. 고맙습니다. 아버님께서도 분명 흡족하셨을
거라 생각합니다. 당금 강호 무림 최고의 고수라는 분과
생사를 논할 수 있으셨으니까요."

그녀의 음성에는 가감 없는 진심이 그대로 실려 있어
이를 듣는 모두를 놀라게 했고, 사다인 역시나 꽤나 의외
라는 눈빛으로 그녀를 마주 보았다.

잠시간 물끄러미 당예예의 눈을 바라보던 사다인.

"본래 여자와는 싸우지 않는다. 하나 살부지수는 불공
대천이라 했으니 원한다면 언제든지 내 목을 취하거라.
물론 나는 나를 죽이려는 자를 위해 인정을 베풀지 않는
다."

사다인의 나직하지만 여전히 흔들림 없는 음성에 당예
예가 가만히 사다인을 응시하기 시작했다.

분위기가 더욱더 냉랭해져 갈 것 같았으나 이내 당예
예의 입에선 맥이 탁 풀려 버린 듯한 음성이 흘러나왔다.

"휴, 무지막지하시네요. 하지만 사다인 공자가 전혀 원
수처럼 느껴지지 않는데 무슨 복수를 논하겠습니까?"

역시나 너무나 의외의 말과 어투인지라 시선들이 다신
한 번 당예예를 향해 모일 수밖에 없었다.

사다인 역시 예상과는 전혀 다른 그녀의 태도에 눈빛이 살짝 일그러졌다.

그러거나 말거나 그녀는 아련한 기억을 되새기는 듯한 조근 조근한 음성으로 입을 열기 시작했다.

"아버님께선 강호의 정점을 다투셨던 무인이셨습니다. 그런 분이 당대 최고의 고수라 불리는 사다인 공자와 생사를 겨루었고, 그 결과로 명을 달리하셨는데 그것이 어찌 흉이 되며 어찌 불공대천지 원수를 논할 일이 되겠습니까? 물론 본가에선 실추된 명예를 회복키 위해 벽마란 이름을 향해 끊임없이 도전할 것입니다. 하나 이는 결코 개인적인 원한 때문이 아닙니다. 그것이 본가의 법이며 강호를 살아가는 이들의 모습이 아니겠습니까?"

당예예의 음성은 참으로 나직했지만 그 안에 참으로 많은 이야기들이 담겨 있었다.

부친에 대한 정과 그에 대한 자랑스러움, 거기에 자신의 가문에 대한 자부심은 물론이요 사다인에 대한 적의 없음을 뚜렷하게 피력하는 것까지.

하지만 연후는 도저히 그런 당예예의 태도가 이해되지 않았다.

강호의 무인들이 아무리 칼끝에 목숨을 올려놓고 산다고 떠들어 댄다지만 살부지수를 눈앞에 두고 공경에 가까운 말을 하는 그녀의 태도는 정말로 납득되지 않는 일이었다.

한데 묘하게도 자신을 빼고 함께 자리하고 있는 이들 대부분이 그녀의 말에 공감하고 있음을 느낀 것이다.

술자리 끝에 마주 앉은 골패륵과 암천이란 사내들은 물론 단목강이나 혁무린, 심지어 은서린이란 여인까지 나지막이 고개를 끄덕이고 있는 것으로 당예예의 말에 공감한다는 뜻을 표하고 있는 상황.

황성을 박차고 나오며 스스로 강호의 무부가 되었다 생각하는 연후였지만, 아직은 유생으로 자라온 지난 시간들을 벗지 못한 것도 사실이기에 다른 이들의 반응들이 너무나 생경하게 느껴질 수밖에 없는 것이다.

덕분에 연후 혼자 왠지 동떨어져 있다는 생각을 지우기가 힘들 즈음 다시 한 번 당예예의 음성이 이어졌다.

"솔직히 도저히 가능할 것 같지 않은 일을 위해 남은 평생을 살기엔 소녀의 앞날이 참으로 창창하답니다. 다만 유 공자님의 지기이시기에 한 가지 첨언하고 싶은 말이 있습니다."

당예예가 다시 입을 열자 좌중의 시선이 다시 그녀에게로 쏠렸다.

"독패강호한 이들이 과거에 아주 없었다 할 수 없지만

그들의 끝이 다 좋았다 기록되지 않는 것은 한 손이 결코 열 손을 당할 수 없다는 강호의 격언 때문일 것입니다. 하니 부디 더 이상의 적을 만들지 않으셨으면 합니다."

그녀의 진심이 묻어나는 말이었고 그 말은 연후마저도 너무나 공감하는 말이었다.

하지만 정작 사다인은 잠시간 그녀의 눈을 응시하다 피식하고 웃어 버렸다.

입 밖으로 꺼내진 않았지만 그것이 주제넘은 충고에 대한 조소라고 느낀 것은 비단 당예예뿐만이 아니었다.

아니 그를 오래 보아 온 유가장의 지기들 모두는 당예예를 면전에 두고 그가 닥치라는 말을 내뱉지 않은 것이 다 놀라울 지경이었다.

사다인은 충분히 그러고도 남을 사내였다.

그런 말을 안으로 삭힌 것만으로도 그녀를 매우 정중히 대우해 주는 것이면, 그녀를 이 자리까지 동행시킨 연후를 깊게 배려하고 있음을 잘 아는 친구들이었다.

그런 분위기가 못마땅한 당예예의 고운 미간이 잠시간 일그러졌다.

명확히는 알 수 없지만 함께한 사내들만을 감싸는 묘한 벽 같은 것을 느끼게 된 터라 내심 발끈한 마음이 인 것이다.

"소녀의 충고가 주제넘게 들릴지 모르겠지만 너무 자신하진 마시지요. 벽마란 이름이 아무리 천하를 위진시키고 있다 해도 제가 아는 이들 중 최소한 넷은 그 이름과 충분히 자웅을 겨룰 수 있으니까요."

뜻밖의 도발적인 당예예의 음성에 좌중의 모두가 호기심 가득한 시선으로 그녀를 바라보았다.

하나 정작 사다인의 얼굴은 시큰둥했다.

아니, 외려 처음보다 입가에 걸린 조소가 짙어진 느낌이었다.

"후, 넷이라? 그 넷이 모두 이 자리에 있나?"

연이어진 사다인의 예상 밖의 질문에 당예예가 살짝 당황한 표정을 지었다.

물론 그녀가 생각했던 네 명의 무인 중 한 명은 분명이 자리에 있는 연후였다.

하지만 그가 눈앞의 벽마와 싸울 이유가 없다는 것 역시 잘 아는 사실이었다.

하나 나머지 셋은 그렇지 않았다.

그녀의 조모 당영령이야 당연히 벽마를 향해 출수하는 데 주저하지 않을 것이며, 도성이라 불리는 무당의 무암진인 역시 무림 공적이 되다시피 한 그를 향해 검을 뽑는 데 망설임이 없을 것이다.

그리고 마지막 한 명은 연후의 부친이란 사내였다.

사실 그가 정확히 무슨 일을 꾸미고 있는지는 알 수 없었다. 아무리 하오문을 통해 그에 대한 정보를 모으려 해도 알려진 것이 전혀 없는 존재나 다름없으며 그저 과거에 명천대인이라 불렸던 인물이라 추정된다는 이야기가 전부였다.

하나 그가 얼마나 강한지 충분히 보고 느꼈다.

아니, 그 한계가 어디 만큼인지 정말로 상상조차 할 수 없었다.

오죽했으면 그를 삼종불기라 칭해지는 무선이 아닐까 하는 오해까지 할 뻔했을까.

여하간 그런 무시무시한 존재가 이 땅에 있다는 것을 알게 된 당예예기에 벽마란 이름이 마냥 터무니없이 거대한 벽으로만 느껴지는 것이 아니었다.

더구나 자신이 언급한 이들 넷의 무위는 실로 대단해 능히 눈앞의 벽마를 상대하고도 남으리란 판단이었다.

그런 이들 모두가 이 자리에 있냐는 터무니 없는 질문을 꺼내는 벽마의 태도에 그 의중을 모르는 그녀는 꽤나 당황한 얼굴을 내비쳤다.

"표정을 보니 아닌 것 같군. 그럼 그 넷 중 하나가 연후 저 녀석이겠지?"

"……"

"인정하지. 하지만 말이다, 저 녀석 빼고도 이곳엔 내 목숨을 취할 수 있는 이들이 꽤나 있다. 특히!"

사다인의 눈이 매섭게 탁자 끝에 자리한 채 술잔을 홀짝이고 있는 암천을 향했다.

그 급작스런 상황에 목이 막힌 암천이 사레 걸린 소릴 토했다.

"컥!"

"저기 하나."

사다인이 자신을 정확히 주시하자 암천의 이마로 한 줄기 땀방울이 또르륵 굴러 내렸다.

"나를 왜…… 거기다……."

어디 숨을 곳이라도 찾는 듯 여기저기를 두리번거리는 암천의 모습, 이를 본 당예예가 전혀 믿지 못하겠다는 눈으로 암천과 사다인을 번갈아 바라보았다.

그가 누군지는 물론 잘 알고 있었다.

단목세가의 음자대주라면 수신일위라는 이름으로 강호에 혁혁한 위명을 날리는 인물임이 분명했다.

특히나 단목세가의 멸문 과정에서 그가 보여 준 놀라운 무위와 은신술들은 대단한 것이 분명했다. 하지만 그 정도 이름값은 천하제일을 논하는 벽마에 가져다 대기엔 턱없이 미미한 것이었다.

하니 수신일위 정도의 이름이 벽마의 목숨을 위태롭게 할 수 있다는 말은 누구라도 믿지 않을 참으로 허황되기 짝이 없는 이야기일 뿐이었다.

하나 당예예가 그러거나 말거나 사다인의 눈은 벌써 암천의 맞은편에 앉은 채 묵묵히 눈을 감고 있는 거한의 사내 골패륵을 향했다.

"또 하나 있군."

순간 감겨 있는 골패륵의 눈썹이 한 차례 파르르 떨렸으나 그 신색은 언제 그랬냐는 듯 다시 차분해졌다.

역시나 당예예는 더욱 당황할 수밖에 없었다.

이 자리에서 난생처음 보는 무인이었다.

솔직히 누군지 짐작도 할 수 없는 이였고 행색이나 풍기는 기도로 보아 녹림 산채의 우두머리라고 하면 딱 어울릴 것 같은 모습의 사내였다.

그렇게 들어 본 적도 전혀 없는 이가 벽마의 목숨을 위태롭게 할 수 있으리란 말을 들으니 이 또한 전혀 이해가 되지 않는 것이다.

"패륵이라면 확실히 세지, 그래도 당장은 너한테 안 될 걸."

한동안 잠잠하던 무린이 끼어들었고 순간 당예예의 눈

빛이 크게 흔들렸다.

'패륵? 설마 골패륵? 초원의 푸른 늑대……. 하면 북천신도? 그가 대체…… 대체 왜 이런 곳에……?'

북원의 전설적인 무장이자 그 무위가 도불쌍성과 견줄 수 있다는 존재가 바로 북원의 무신 골패륵이었다.

눈앞에 보이는 사내가 정말로 그 북천신도의 주인이라면 더더욱 놀라운 일이 아닐 수가 없었다.

그가 대체 왜 중원인의 복색을 하고 이런 자리에 있을 수 있는지 도저히 이해할 수가 없는 당예예였다.

당황한 눈으로 골패륵을 살피기에 여념이 없는 그녀를 두고 다시금 사다인의 눈이 그 누구보다 묵묵히 자리하고 있는 사내 단목강을 향했다.

"그리고 저 녀석!"

다시 한 번 모이게 되는 시선과 연이어지는 사다인의 음성.

"그세 진짜 사내가 되었어. 우리 뒷산에서 못 낸 승부는 마저 끝내야지?"

사다인의 음성은 여전히 나직하고 딱딱했지만 그 안에 한 줄기 정감이 서려 있음은 누구라도 느낄 수가 있었다.

좌중의 시선이 그렇게 자신에게 몰려들자 단목강이 사다인을 향해 정중히 포권을 취했다.

"형님! 소제는 감히 형님과 싸울 생각이 없습니다. 하나 형님과의 비무라면 그 무엇보다 즐거울 것 같습니다."

과하지도 그렇다고도 모자라지도 않는 그 태도에 사다인은 전에 없이 환한 미소를 지었다.

확실히 느껴졌다.

암천이란 사내와 골패륵이란 거구의 사내 모두 본능 깊숙한 무언가를 자극할 정도로 강하긴 하지만 눈앞의 단목강에 비할 바가 아니었다.

정확히 무엇이라 단정할 수는 없지만 자신의 능력으로도 재어볼 수 없는 더욱 단단한 무언가를 감춘 것 같다는 느낌만은 확실했다.

그러니 어서 빨리 겨뤄 보고 싶은 마음이었다.

천생 전사의 피를 타고난 사다인에게 강자와의 겨룸은 최고의 즐거움이었고, 이는 뼛속까지 강호의 무인인 단목강 역시나 마찬가지 일이었다.

예전의 사다인은 분명 강했다. 하지만 그때 그는 뇌제의 무공을 사용치 않았고 자신은 내공을 금제한 채 그와 겨뤘으니 온전한 비무라 할 수 없었으며 승패의 의미조차 둘 수 없는 일들이었다.

하나 지금이라면 다르다.

사다인 그는 어째서 뇌령마군이란 이름이 뇌제라 칭해

지며 환우오천존의 일좌를 차지할 수 있었는지를 당금 강
호에 똑똑히 주지시킨 인물이었다.

마군의 일보 앞에 천하가 두려워 복종하였다는 강호사
의 기록들, 자신의 의형 사다인이 지금까지 보여 온 행보
만으로도 충분히 마군의 이름을 대신할 수 있다는 생각이
었다.

그러나 자신 역시 같은 환우오천존 중 무제의 마지막
심득을 얻었으니 사다인과의 비무는 그 자체만으로도 크
나큰 의미를 둘 수 있는 일이란 생각이었다.

도저히 불가능하기에 내려질 수 없었던 환우오천존 간
의 무공 서열을 어느 정도 가늠할 수 있는 계기가 되는
일, 지난 세월 동안 수많은 이들의 상상 속에서나 가능했
던 절대자들의 무공이 부딪혀 그 고하를 가린다는 사실을
안다면 강호의 무인들이 구름처럼 몰려들어도 전혀 이상
할 것이 없는 일인 것이다.

물론 사람들 앞에서 그와 같은 일을 벌일 이유가 없으
니 승부의 향방은 오직 두 사람만 알게 될 것이다.

그러나 그것만으로 단목강을 설레게 하기엔 충분한 일
이었다.

그러한 생각은 사다인 역시 마찬가지라 두 사람은 서
로를 마주한 채 씨익 하고 웃어 보였다.

한데 그렇게 마주 보고 웃는 두 사람의 모습을 지켜보는 당예예는 더더욱 혼란스러운 마음이었다.

벽마가 지목한 이가 누구인지 물론 잘 알고 있었다.

멸문한 단목세가의 소가주, 십대 중반 때 이미 두각을 나타내 소신룡이라 불리기까지 했던 이가 맞지만 이는 단목세가가 천하제일가란 명성을 누리던 시기에 흘러나온 소문이기에 당연히 과장됨이 있을 것이란 후문이 나돈 것이다.

아니, 그 소문이 오히려 모자라 정말로 그가 범인의 범주를 넘어선 천재라 해도 고작 약관을 지난 나이였다.

그런 이가 벽마와 높낮이를 잴 수 없는 경지의 무인이라는 말은 도저히 납득할 수가 없는 일이었다.

물론 그 벽마나 연후 역시 단목강과 그다지 나이 차가 많이 나지 않는다는 것을 잘 알고 있었다.

하지만 둘의 터무니없는 강함은 더 이상 의심할 여지가 없는 일이었다.

신주쌍마란 악명은 제쳐 두고라도 벽마가 벌인 어마어마한 살행이나, 직접 눈앞에서 목도한 연후의 엄청난 무위는 대체 어쩌자고 이런 시대에 이런 무인들이 동시에 나타난 것인가 하는 생각마저 들게 할 정도였다.

한데 단목강이란 사내 역시 그런 반열에 있다는 말이

니 정말로 믿기 힘든 일이었다.

그것이 사실이라면 평생을 무공 하나에 바쳐 온 수많은 강호 무인들의 삶이 너무나 초라하게 느껴지기 때문이었다.

'아무리 환우오천존의 후예들이라 해도 이건 너무 불공평해. 할머님만 해도 공자들의 나이보다 두 배나 많은 세월을 독물들과 싸워 그 경지에 이르셨건만……'

당예예가 그런 생각을 하며 깊은 상념에 빠질 무렵 때마침 또다시 슬쩍 무린의 음성이 끼어들었다.

"확실히 강이 녀석 엄청 강해졌어. 왕년에 무제가 강호에서 활동할 때보다 지금 강이 녀석이 더 강할 거야. 물론 말년의 그에 비하자면 아직 갈 길이 멀긴 하지만……"

황당하게만 여겨지는 무린의 말에 당예예는 어처구니없다는 표정을 감추지 못했다.

무제 단이천이 어떤 인물인가.

환우오천존 중 한 명이기도 하지만 그보다 역대 강호사에 존재했던 수많은 천하제일인들 중 가장 어린 나이에 그 대단한 칭호를 꿰찬 존재였다.

다른 환우오천존들이 대분은 갑자의 나이를 넘기고 그 칭호를 얻었으며 당대의 천하제일인이라 칭해지는 도성 무암 진인만 해도 세수로 일백 년 세월을 훨씬 더 살아온 노강호였다.

하니 무제의 존재가 더더욱 대단할 수밖에 없는 것이다.

하나 그 무제란 이름이 지금의 강호인들에게 넘을 수 없는 벽 같은 존재는 결코 아니었다.

단목세가가 무제의 후신이란 이야기나 그의 진산절기의 태반이 유실되었다는 이야기 또한 이미 알려질 대로 알려진 이야기이기 때문이었다.

한데 단목강이 과거 무제의 무위를 넘었다는 혁무린의 말은 강호의 상리로 도저히 이해할 수도 없는 이야기거니와 전혀 알려져 있지도 않은 무제의 말년까지 언급하는 그의 말을 전혀 신뢰할 수가 없는 당예예였다.

그런데 또 주변의 반응이 그녀의 생각과는 전혀 달랐다.

골패륵이나 암천은 물론 심지어 단목연화까지도 모두 고개를 끄덕이는 것으로 혁무린의 이야기를 납득하고 있는 모습을 보인 것이다.

마치 그가 내던진 말이 틀림없는 사실이라는 것을 확신하고 있는 듯한 태도.

설령 그의 말이 정말일까 하는 생각이 들자 또 다른 의문 하나가 그녀의 머릿속을 가득 채워 갔다.

그런 사실을 알고 있는 혁무린이란 사내의 정체, 결코 평범한 이가 아니라는 생각을 지울 수가 없는 것이다.

'대체 혁 공자의 정체가 뭐길래…… 더구나 무신 골패륵을 부린다는 것은……'

그녀의 궁금함이 그렇게 점점 더 커져 갈 무렵 사다인이 대뜸 혁무린을 노려보았다.

"무린! 저 녀석."

두둥!

사다인의 눈과 혁무린의 시선이 허공에서 마주치는 순간 보이지 않는 무언가가 충돌이라도 하는 듯한 느낌에 당예예의 심장이 철렁거렸다.

순간 그녀는 어쩌면 그의 정체를 알 수 있을지도 모른다는 생각을 했다.

벽마가 자신을 위협할 정도라고 그를 지목한다면 그의 강함을 알 수 있는 것이고, 그 정도의 강함을 갖춘 무인이라면 충분히 그의 정체를 유추해 낼 수 있을 것이란 생각이었다.

이 강호에 하늘에서 뚝 떨어진 것처럼 생겨난 고수란 없으며 그렇게 되기 위해선 최소한의 배경이나 인연, 하다못해 기연이란 것이 존재해야만 하는 것이다.

더구나 뇌령마군의 환생이라고까지 칭해지는 벽마와 자웅을 겨룰 정도라면 평범한 무공을 익혔을 리 없으며 그런 정도의 무공이라면 그 연원을 알아내는 것 역시 충분히 가능하단 생각을 하는 것이다.

하나 연이어진 사다인의 음성은 그녀의 생각과는 전혀 다른 것이었다.

"네 녀석만 여전히 한 주먹거리구나. 그동안 뭐했냐?"

그런 사다인의 말에 가장 꿈틀한 이는 골패륵도 아니고 암천도 아니었다.

내내 다소곳한 자세로 무린의 곁을 지니고 있던 단목 연화였다.

그간 더없이 얌전히 자리하고 있던 그녀의 눈매가 날카롭게 변했으며 당장에라도 일어서 사다인에게 무언가 쏘아붙일 태세였다.

하나 그녀가 나서기도 전 무린이 피식 하고 한마디를 내뱉었다.

"너 진짜 큰일 난다. 알지? 나 친구랑 안 싸우는 거!"

그렇게 입을 여는 무린을 향해 사다인이 들고 있던 술잔을 휙 하고 집어 던졌다.

몇 사람을 건너 빠른 소리로 날아가던 술잔이 탁 하는 소리와 함께 허공중에 뻗어진 무린의 손에 가볍게 붙잡혔다.

술이 가득 찬 술잔을 아무렇지도 않게 잡아챈 무린의 모습에 깜짝 놀란 것은 뜻밖에도 연후뿐이 없었다.

그가 무공을 익히지 않았다고 생각하는 것은 오직 연후뿐이기에 그런 반응을 보인 것이었으며 정작 당예예는 그 일을 당연한 듯 받아들였다.

그때 무린이 잡아 든 술잔을 단숨에 목구멍으로 털어 넣었다.

"크하! 맛 좋다. 사다인, 내가 또 말하지만 너 나랑 친구인 거 진짜 다행으로 알아라. 니들도 다 알지? 내가 친구하고는 안 싸운다는 거. 옛날에도 그랬지만 나 진짜 엄청나다. 니들은 다 덤벼도 나한테 안 돼."

무린의 과장된 너스레가 그렇게 이어자 긴장한 눈빛이 된 것은 오직 당예예 혼자뿐이었다.

그런 무린의 말투에 익숙한 유가장의 지기들 모두가 동시에 한껏 미소를 베어 물었기 때문이다.

조금 전 놀란 표정을 지었던 연후마저 입가에 가득한 미소를 짓고 있으니 대체 상황이 어찌 돌아가는지 알지 못하는 당예예의 머릿속은 더욱 복잡해졌다.

보통 이런 상황이라면 그 말이 그저 농담이나 허풍이라 여겨 웃어넘길 테지만 이제껏 보고 들은 이야기나 상황들을 놓고 본다면 마냥 거짓처럼 여겨지지도 않은 탓이었다.

당예예가 그렇게 고민에 고민을 더할 무렵 다시 한 번 무린의 밝은 음성이 이어졌다.

"그나저나 이거로 당 소저랑 사다인 네 녀석이 얼굴 붉힐 일은 없는 거지?"

무린의 급작스런 말에 사다인이 물끄러미 당예예를 쳐다보았다.

여전히 말은 없지만 나는 그런데 너는 어때라고 말하고 있는 것이 분명한 눈빛.

당예예 역시 복잡했던 상념들을 애써 털어냈다.

사실 그녀가 눈앞의 사내들의 무위에 큰 관심을 보인 것은 그들의 존재가 조모의 안위에 어떤 영향을 미칠 수도 있다는 생각들 때문이었다.

하나 당장은 어떤 변수로 작용할지 전혀 예측할 수가 없었다.

결국 고민해 보았자 결론을 유추할 수 없다는 말, 그렇다면 억지로 고민하는 것 역시 별 의미가 없다는 것을 순순히 받아들이는 당예예였다.

그보단 우선 벽마를 향한 자신의 입장을 명확히 표명하는 것이 중요했다.

담담하게 전해져 오는 벽마의 눈빛을 향해 그녀는 고개를 살짝 끄덕이며 입을 여는 것으로 자신의 의중을 내비쳤다.

"앞에 계신 사다인 공자께서 언제든지 본가의 도전을 받아주신다 하였으니 저는 그것으로 족합니다. 하지만 소녀가 사천당가 전체를 대변할 수 있는 위치에 있는 것은 아니니 본가의 뜻이 소녀와 같다고 할 수는 없습니다. 이 점만 잊지 않으신다면 제 개인적인 은원은 이 한 잔의 술을 부친께 바치는 것으로 씻어내겠습니다."

당예예가 앞에 놓인 잔에 술을 따른 뒤 허공을 향해 들어 올렸다가 이내 단숨에 들이켰다.

그녀의 예측하지 못했던 행동에 잠시간 숙연한 분위기가 이어졌으나 이내 다시 무린의 웃음소리가 흘러나왔다.

"하하하! 이제 그렇다면 당 소저랑 연후 저 녀석이랑 합쳐지는데 걸릴 건 없어졌다는 거네. 확실히 제수씨 될 사람이랑 친구 녀석이 원수인 건 그렇잖아!"

누구도 예기치 못한 무린의 짓궂은 음성에 당예예의 얼굴에도 잠시간 당혹스러움이 번져 갔지만 정작 화들짝 놀라는 반응은 연후에게서 나왔다.

"합치긴 뭘 합친다는 것이냐? 그런 것이 아니라 하지 않았느냐. 아무리 친우라 해도 도를 넘어선 농은 예가 아니다."

연후의 높아진 음성에 당혹스러움이 역력히 묻어나서 인지 무린의 입가에 걸린 음험한 미소는 더욱 짙어졌다.

"농은 무슨! 하여간 너도 그렇고 강이 저 녀석도 그게 문제야! 너무 애늙은이들 같아. 마음이 동하면 하면 되는 거야. 사다인 봐라. 얼굴은 완전 늙었지만 애가 하는 짓은 얼마나 깔끔하냐. 그렇니까 저 얼굴에 여자도 생기고 그렇지."

순간 사다인이 부르르 떨었다.

"놈! 왜 거기서 내가!"

사다인이 발끈하여 목소리가 높아지는데 느닷없이 은서린이 나섰다.

"사다인 공자님이 어디가 어때서요. 혁무린 공자님보다 훨씬 듬직하시고…… 또 멋진 몸을 가지고 계신…… 어머머! 내가 무슨 소릴!"

입을 열다 말고 무언가를 상상해 버린 은서린의 얼굴이 홍당무처럼 변해 가자 정작 사다인이 더욱 당황했다.

"너는 제발 조용히 있는 게!"

사다인이 옆에 앉은 은서린을 보며 으르렁거리자 무린의 입가에 더욱 음충맞은 미소가 걸렸다.

"오호! 둘은 벌써 서로의 몸을……"

무린이 제대로 걸렸다는 듯 능글맞은 미소를 짓자 사다인의 안색이 일변했다.

파지지직!

그의 전신에서 거미줄이 기어가는 듯한 소리가 풍기며 피부가 저릿거릴 정도의 뇌기가 당장에라도 삼층 전각 전체를 휩쓸 태세였다.

"하하하! 알았다고, 알았어. 좀 진정해라."

무린이 한껏 주눅 든 태도로 두 손을 모아 굽실거리자 사다인이 냉랭한 얼굴로 고개를 돌리며 한마디를 던졌다.

"옛날이나 지금이나 네놈은 변한 게 없어!"

사다인의 눈빛이 제법 매섭게 무린을 향했다가 다시 은서린에게 이어졌지만 그녀는 벌겋게 변한 얼굴로 마냥 고개만 푹 숙이고 있을 따름이었다.

'휴! 어쩌자고 이 계집과 이렇게 얽히는 것인지…….'

정말로 미운 정이라도 들었는지 더 이상 화도 나지 않았다.

더군다나 아직은 풀어야 할 일이 남아 있었다.

당장 단목강과 연후의 분위기가 심상치 않음을 느끼고 있는 사다인이었다.

사다인이 비록 무뚝뚝하다고는 해도 그 정도 눈치는 충분히 지닌 사내였다.

더군다나 이 술자리를 만들어 준 자운 공주의 태도 또한 시종일관 침묵으로 일관하고 있으니 어쩌면 자신과 당예예의 일보다 그들의 일이 심각할 수 있다는 생각을 하는 사다인이었다.

무린이 지금 분위기를 주도하는 이유 또한 그 매듭을 해결키 위함이라는 사실을 충분히 짐작할 수 있었다.

그것이 무린의 방식이었다.

어떤 심각한 일이라도 그저 가볍게 농담처럼 벌여 놓고 보는 무린의 성격, 과거 그로 인해 곤욕스러움에 처한 것이 한두 번이 아니었다.

하나 지나고 돌이켜 보면 무린의 방식이 가장 좋았다는 것을 알 수 있기에 어느 정도는 그를 인정하지 않을 수가 없었다.

그렇다고 해도 여전히 익숙해지지 않는다는 것이 문제였지만 그런 무린의 모습이 그립기도 했던 것 역시 사다인의 본심이었다.

특히나 사람 사이의 일이라면 자신보다는 무린이 더욱 정통해 있다는 것은 분명했다.

과연 그가 없었다면 이곳에 있는 친구들과 이만큼이나 깊어질 수 있었을까 하는 생각을 수시로 해 온 사다인이었다.

그로 인해 서로의 벽을 허물 수 있었으며 무린이 오늘 이 자리에 있기에 이제껏 이어 온 술자리가 편할 수 있었다는 것만은 인정해야 했다.

"하여간 중요한 것은 연후 너나 강이 녀석 아니냐? 또 여기 계신 공주마마도 그렇고, 얽힌 것이 있으면 풀자. 니들은 잘 모르겠지만 한 세상 사는 거 참 짧다. 좋은 일만 가득 누리고 살기에도 모자라기만 한 것이 사람 사는 거야."

마치 백 년은 더 산 노인처럼 입을 여는 무린의 모습에 여기저기서 피식하는 실소가 터졌지만 정작 연후나 단목강의 표정은 크게 달라지지 않았다.

여전히 담담한 연후나 여전히 조금은 굳어 있는 단목강의 얼굴.

그런 어색함이 한동안 이어지자 다시 한 번 무린이 나섰다.

"강아! 입 떼기 힘들면 이 형님이 대신해 주랴? 내가 처음부터 말했지만 나는 언제나 네 편이다. 알지?"

무린이 한쪽 눈을 찡긋하고 감자 단목강의 굳어 있던 얼굴도 조금은 풀렸다.

하나 그 정도로 단목강의 머릿속 가득한 복잡한 상념들이 풀릴 수는 없는 일이었다.

사실 지금 단목강의 행색은 전에 없이 초췌해 보였다.

그 이유 또한 결코 자운 공주와 연후의 일 때문만은 아니었다.

불과 며칠 전 삼공이라는 괴노인을 만나 생사의 혈전을 치러야 했던 단목강이었다.

더구나 그 와중에 파천비륜을 펼치고도 끝내 그의 목숨을 끊지 못했으며 적지 않은 내상까지 입어야만 한 것이다.

그렇게 만난 이가 바로 중살이라 불리는 이들 중 하나이며 유가장 참화의 원흉이라는 것을 알기에 악양으로 오는 길은 물론이요 지금의 이 자리 역시 편할 수가 없는 것이다.

폐관을 풀고 나올 때만 해도 스스로의 실력에 큰 자부심을 지녔건만 역시 세상이 호락호락하지 않다는 사실을 뼈저리게 되새긴 며칠이었다.

하나 마냥 지난 일을 붙잡고 후회해야 아무 소용없음을 잘 알기에 눈앞에 다시 만난 의형들에게 그 사정을 털어놓아야 한다는 생각이었다.

그들에게 중살의 존재를 알리고 그 실력이 결코 녹록지 않다는 것을 알려야 한다는 생각이 떠나질 않으니 도저히 편한 얼굴로 재회의 기쁨을 누릴 수가 없는 것이다.

더군다나 전혀 예상 못한 상황에 이곳에서 자운 공주를 만나게 되었으며, 거기다 단목세가가 이미 횡령(橫令)으로 복권되었다는 이야기마저 듣게 되었으니 머릿속의 복잡함이 터져 나갈 지경인 것이다.

거기에 더해 세가 멸문의 주적이라 할 수 있는 태공공의 죽음과 그 모든 일을 행한 것이 눈앞의 연후라는 이야기를 접한 터라 속내는 더없이 많은 상념들이 교차할 수밖에 없었다.

이는 분명 당장에라도 연후 앞에 나서서 대례를 취해도 모자랄 정도의 은혜였다.

그러면서도 마음 깊은 한편으론 어딘지 허탈한 느낌이 드는 것도 사실이었다.

스스로의 힘으로 행하고자 했던 일이 자신도 모르는 사이에 끝이 나 버렸다는 사실, 그 일을 위해 지난 몇 년의 시간을 목숨을 건 폐관 수련으로 보냈던 단목강이기에 분명 큰 상실감이 생길 수밖에 없는 상황인 것이다.

그렇다고 해도 연후가 행한 일에 대한 고마움이 상실감 때문에 상쇄될 수는 없는 일이었다.

그간 어떻게 하면 단목세가에 드리운 역모의 굴레를 벗어날 수 있을까를 쉬지 않고 고민해 왔다.

사실 그것만으로도 너무 벅찬 일인지라 정작 이 모든

일의 원흉인 태공공의 단죄 시기를 언제가 될지 모르는 먼 훗날로 미뤄 놓을 수밖에 없었던 것이다.

한데 자신이 북경을 떠난 지 고작 한 달여가 조금 지난 시간 만에 그 모든 고민들이 연후의 손에 완전히 해결되어 버린 것이다.

자신은 찾지 못한 방법이기에 허탈함보다는 당연히 고마운 마음이 앞서며, 그 마음은 그저 말 몇 마디로 다 풀어낼 수 없을 정도로 크나큰 것이었다.

다만 오늘 함께한 이들 중 낯선 여인들이 여럿 있는 터라 그 내심을 온전히 표현하지 못할 뿐이었으며, 그것은 자운 공주와 자신의 관계를 밝히는 일보다 훨씬 중요한 일이라는 생각이었다.

"연후 형님! 소제 단목강 온 마음을 다해 형님께 감사드립니다."

단목강이 자리에서 일어나 연후를 향해 포권을 취하며 정중히 예를 표했다.

그 모습이 어찌나 절절한지 함께 자리한 이들로 하여금 경건함을 절로 느끼게 할 정도였다.

하나 정작 연후는 별다른 변화 없이 나직하게 물었다.

"북경의 일을 말함이더냐?"

"그러합니다. 형님의 은혜, 세가가 재건된 후에도 영원토록 가슴에 새기겠습니다. 감사합니다. 형님."

다시금 이어진 단목강의 진심 어린 말에 연후가 전에 보지 못했던 옅은 미소를 지었다.

"별소릴 다하는구나. 우리 사이가 무엇인데 그 일로 고마움을 말하는 것이냐?"

연후의 나직한 질문에 단목강은 일말의 주저함도 없이 답했다.

"형님께서 아둔한 소제를 다시 한 번 일깨우십니다. 그렇다고 해도 이 마음을 형님께 전하지 않을 수는 없습니다. 소제는 지금 살아남은 세가 식솔들 모두를 대신해 그 고마움을 표하는 것입니다."

"그렇다면 그 마음 충분히 받아들이마. 하나 그것이 어찌 형제간 은혜를 논할 성질이 될 수 있겠느냐? 이 우형 또한 마땅히 지켜야 할 조부님의 유지를 따른 것이니 더이상 과례를 할 필요가 없느니라."

연후의 음성 역시 담담하였지만 그 속에 진심이 가득 묻어나 있어 단목강을 향한 깊은 정을 모두가 쉬 느낄 수가 있었다.

단목강 또한 연후가 어떤 인물인지 너무나 잘 아는지라 더 이상의 예를 표하기 보단 연후 앞에서 술을 따라 잔을 치켜드는 것으로 자신의 마음을 대신했다.

"첫 잔은 연후 형님을 향한 고마움을 다하여 마시겠습니다."

백색의 술잔에 찰랑거리던 호박색 술을 단숨에 털어넣긴 단목강이 다시 한 번 술잔을 채운 뒤 잔을 들어 올렸다.

"두 번째 잔은 소제를 위해 나서 주신 사다인 형님을 위해 마시겠습니다."

단목강이 잔을 든 채 사다인의 눈을 응시했다.

그러자 사다인은 그저 히죽 웃었고, 단목강은 주저함 없이 다시 술잔을 입안에 털어 넣었다.

그리고 다시 채운 세 번째 잔을 든 뒤 무린을 향하는 단목강이었다.

"아! 나 이런 거 쑥스러운데!"

단목강이 뭐라 입을 열기도 전 무린이 뒷머리를 긁적이자 꽤나 엄숙했던 분위기가 삽시간에 흥겹게 변해 갔다.

그 덕에 잔뜩 무게를 잡고 있던 단목강의 얼굴에도 환한 미소가 서렸다.

사실 의형들을 향한 고마운 마음이야 매한가지였지만 혁무린에 대한 마음은 남다를 수밖에 없는 것도 사실이었다.

그가 있어 모친과 누이가 무사할 수 있었고, 또한 그가 있어 유실되었던 무제의 온전한 절기를 얻을 수 있었으니 그 은혜를 어찌 술 한 잔으로 대신할 수 있겠는가.

더구나 단목강은 무린과 그의 부친인 망량겁조에 관한 비밀 한 자락을 공유한 사이였으니 그가 더욱 각별하게 여겨질 수밖에 없었다.

"무린 형님이 계셔서 참 다행입니다."

더 이상의 설명이 필요없다는 듯 그 말을 끝으로 세 번째 잔을 입안에 털어 넣는 단목강의 모습이 꽤나 흥에 겨워 자리한 이들 모두 입가에 미소를 베어 물었다.

그때 무린이 뭔가 떠올랐다는 듯 한마디를 꺼냈다.

"너 그런데 괜찮냐? 다시는 술 안 마신다고 맹세하고 그랬던 거 같은데……."

무린의 때 아닌 핀잔에 단목강이 머쓱한 표정을 지었다.

그도 그럴 것이 친우들 모두 과거 자명루에서 있었던 일을 똑똑히 기억하고 있기 때문이다.

금존청을 벌컥벌컥 마신 뒤 만취한 채 벌인 단목강의 주사와 그 후로 절대 술을 마시지 않겠다고 누누이 다짐했던 단목강의 모습을 누구도 잊지 않은 것이다.

"오늘 같은 날 마시지 않는다면 또 언제 술을 입에 대겠습니까? 오늘만은 형님들께서 이해해 주시지요."

헌앙한 사내로 자라난 단목강이 몸 둘 바를 몰라 하는 모습을 보이자 좌중의 모두를 미소 짓게 했다.

"그럼 뭐 걸릴 거 있겠냐? 오늘 다 먹고 죽는 거다. 알았지?"

무린이 추임새라도 넣듯이 한마디를 하자 내내 말없이 자리하던 사다인이 슬쩍 입을 열었다.

"여전히 시끄러운 놈!"

"하하하하! 뭐 네 녀석들 만나니까 살맛이 나서 그러지. 그런데 진짜 네 옆에 있는 그 아리따운 여자 분은 언제 정식으로 소개시켜 줄 거냐?"

지지 않고 이어진 무린의 대꾸에 그동안 제 색을 찾았던 은서린의 얼굴이 다시금 벌겋게 달아올라 버렸다.

그런 은서린 때문에 사다인의 입에서도 나직한 침음성이 흘러나왔고.

"끙…… 내 말을 말지……."

술잔이 몇 순배 돌았고 그만큼의 흥취가 악양루의 삼층 전각을 가득 메워 가는 시간이었다.

第二章

동향(動向)

숭산 소실봉 아래로 경건한 범종 소리가 퍼져 나갔다.

은은하고 맑게 퍼져 나가는 그 고아한 소리와 함께 천
년의 고찰이라 불리는 소림사의 경내로도 분주한 걸음들
이 이어졌다.

동자승들과 어린 사미승들이 부지런히 걸음을 옮겨 다
니며 경내 구석구석을 살피기 시작했는데, 이는 혹여 아
직까지 참배객들이 경내에 남아 있을까 싶어 행하는 일이
었다.

유시를 알리는 범종 소리와 함께 외인들은 더 이상 경
내에 머물 수 없으며, 예외를 인정하는 이들 역시 유시
이후부터는 외부인들의 숙소인 지객당에 머물거나 대웅

보전에서 불공을 드리는 것만이 허락되는 것이다.

이를 어기는 이들에게는 매우 엄중한 벌이 내려지는데 그도 그럴 것이 소림의 경내에 있는 물건이라면 하다못해 기왓장 하나라도 몰래 들고 나가 부처의 은덕을 보고자 하는 중생들의 수가 한정 없기 때문이었다.

그나마 그런 이들이야 부처를 섬기는 마음을 높이 사 산문 밖으로 내쫓는 것으로 마무리 짓는 것이 전부였지만 가끔씩 간이 배 밖으로 나온 이들도 있어, 경내 여기저기 세워진 불가의 조형물을 통째로 훔치려 하거나 심지어 도금된 불상의 칠을 벗기려 하는 이들도 있었다.

사실 그런 정도의 일까지도 소림 곳곳을 지키고 있는 나한승들의 존재를 전혀 모르는 한심한 좀도둑들의 소행이라 치부하고 넘길 수 있었지만 대웅보전의 뒤편에 자리한 내원 쪽의 일이라면 그 사정이 전혀 달랐다.

외인들의 출입을 불허하는 내원 안쪽에는 무가지보나 다름없는 수많은 경전들과 비급들이 가득한 장경각이 있으며, 고승들의 거처 팔대호원과 소림 장문인의 방장실이 있으니 허락을 구하지 못한 이가 내원의 담장을 넘는 일은 백 년에 한 번이나 있을까 말까 한 일인 것이다.

특히나 그중 장경각은 지난 강호사에 신투(神偷)를 꿈꾸던 이들이 수없이 침입을 시도했던 곳으로 유명하지만 그런 이들 대부분의 말로가 탑림 뒤편에 자리한 참회동에 갇혀 여생을 보내는 것으로 귀결되었다는 것 역시 널리 퍼진 이야기일 뿐이다.

그렇기에 늘 장경각이 황궁비고와 함께 양상군자들의 마지막 목표물이 되어 왔던 것이다. 그나마 황궁비고는 황성이 천도되는 일을 거치며 몇 번 외인들의 손을 탔다는 이야기가 있지만 장경각만은 지난 삼백 년 이래로 그 어떤 이들의 침입도 허락지 않은 것이다.

사실 그 시절의 소림의 역사는 참으로 치욕스러운 것이 아닐 수가 없는 것이었다.

만병천왕 무제의 시대라 회고되는 그 시절 소림이 겪어야 했던 황망한 사건이 둘 있었는데 그중 첫째가 바로 소림의 치(恥)라 불리는 사건이었다.

단 한 명의 무인에게 백팔나한의 목이 모조리 잘려 나간 일, 그것도 단 일 초식의 무공에 그러한 일이 벌어졌으니 그 후로 더 이상 백팔나한진은 불패무적이란 말을 쓸 수 없게 되어 버렸다.

마종의 맥, 혹은 불이무학(不二武學)이라 불리는 이들 중 삭마(削魔)란 이가 펼친 무량혼철삭이란 무공이 바로 백팔나한에게 그토록 참담한 최후를 안겨 준 무공이었다.

그 후 삼천지란이 벌어지며 강호에 대혼란이 벌어지지

않았다면, 또한 그 일로 불이무학의 전승자들이 북빙해에서 밀고 내려온 괴인들과 양패구상하여 자연스레 사라지지 않았다면 소림의 치란 그 시절의 역사는 더욱더 크게 회자됐을 것이다.

그도 그럴 것이 그때까지만 해도 중원 무학은 모두 소림에서 시작되었다는 말이 있을 정도로 강호인들의 추앙의 대상이 되었던 곳이 바로 소림이었기에 백팔나한진의 파훼와 그들의 참담한 죽음은 씻기 힘든 치욕의 역사로 회자되는 것이다.

하나 삼백여 년의 세월이란 실로 무상하여 과거의 역사 따윈 사람의 입맛대로 변하게 만들 수가 있으니 당대 강호에 소림의 치를 기억하는 이들이 얼마나 될 것이며 삼천지란이란 강호대란이 벌어졌던 일을 또 누가 얼마나 기억하겠는가.

그저 그 모든 일을 종결하고 홀연히 은거한 당대의 천하제일인 만병천왕 무제의 이름만이 이어져 내려올 뿐인 것이다.

그렇게 소림이 겪었던 과거의 일들 중 이제는 소림사 내에서도 알고 있는 이가 거의 없는 사건이 하나 있었으니 그 역시 무제의 시절이라 불리는 삼백여 년 전의 사건 중 하나였다.

또한 그 일이 바로 장경각과 관련된 일로 그 시절 최고의 도둑으로 꼽히던 헌원정이란 이가 장경각에 침입하여 여기저기 잔뜩 대변을 싸질러 놓고 사라져 버린 일이었다.

그 때문에 그 일을 장경각의 변(便)이라 일컫는데 변란할 때 사용하는 변(變) 자가 아니라 똥오줌을 가리키는 변 자를 사용하는 것도 모두 도괴(盜怪)라 불리는 헌원정의 기행 때문에 그렇다고 알려져 있었다.

더군다나 그 도괴가 사사로이 무제의 사숙되는 이라고 하니 당시 소림은 도괴의 만행을 묵과할 수밖에 없었다는 기록이 남아 있는 것이다.

여하간 그 도괴 이후로 삼백여 년 세월 동안 이제껏 그 어떤 외인의 침입도 불허한 곳이 바로 장경각이니 겉보기엔 그저 오래된 전각에 불과하지만 실제로는 철옹성이나 마찬가지인 것이다.

그도 그럴 것이 그 장경각을 에워싸듯 위치한 팔대호원 중 나한당의 위치가 장경각과 가장 가까운 이유 역시도 그만큼 장경각의 경계를 중요시 여긴다는 의미였다.

한데 그 장경각만큼이나 높은 방비 태세가 이루어진 곳이 또 하나 있는데 백의전(白衣殿)이라 이름 붙은 전각이 바로 그곳이었다.

이 백의전은 육조 혜능의 시대에 만들어진 곳으로 강호제일의 영약이라 불리는 대환단이 제조되고 이를 직접 관리하여 온 곳이기도 하거니와 고래로 뛰어난 의술을 지닌 고승들을 수없이 배출한 곳이기도 했다.

당대에 이르러서야 대환단의 제조 비법이 유실되었으며 남아 있는 대환단마저 하나도 없다는 것이 정설처럼 굳어져 있는 터에 장경각에 비해 그 이름값이 많이 떨어진 것도 사실이었다.

하나 여전히 소환단의 제조가 가능하며 그것을 엄격히 관리하는 곳이 바로 백의전이었다. 그 소환단만 해도 강호인들에겐 천금의 가치를 지닌 보물이나 다름없으니 백의전 또한 장경각만큼이나 철저한 경계가 이루어지는 곳일 수밖에 없었다.

한데 그 백의전에 한바탕 난리가 나기 시작했다.

유시를 알리는 범종 소리가 울린 직후에 벌어진 일로 나한전의 무승들은 물론이요 평소에는 얼굴 한 번 보기 힘들다는 팔대호원의 고승들에다 백팔나한승과 사대금강, 거기에 장문 방장까지 모조리 몰려들어 백의전 안팎의 분위기는 흉험하기 이를 데가 없었다.

때마침 당대 소림의 장문인인 원경 대사의 노성이 터져 나와 백의전 주위를 쩌렁쩌렁 울리기 시작했다.

"백팔나한은 경내를 기왓장 하나까지 샅샅이 수색하라! 조금이라도 수상한 흔적을 놓쳐선 아니 될 것이다!"

그 한마디에 백여 명의 무승들이 일제히 사방으로 비산하는 장관을 연출했다.

하나 그 자리에 있는 이들 중 누구도 그들의 움직임에 동요된 이는 없었다. 연이어질 장문인의 명을 기다리며 더욱 굳어진 모습들.

"사대금강은 수일 내 출입했던 외원의 명부를 철저하게 조사하여 일말의 의심이라도 가는 이들을 모조리 문초하라. 신분의 고하를 두지 말 것이며 모든 것은 노납이 책임질 것이다."

그 말에 다시 네 명의 붉은 가사를 입은 중년승들이 반장의 예를 취한 뒤 서둘러 외원 쪽으로 신형을 날렸다.

"십팔나한은 나한전의 무승들을 동원해 숭산 일대를 개미굴 하나까지 빼놓지 않고 면밀히 살피도록 하라."

그 명에 따라 백의전 앞을 가득 메우고 있던 수백에 달하는 승려들 또한 일제히 신형을 날렸다.

내원에 들어 법명을 받은 무승들 대부분이 그렇게 십팔나한을 필두로 사방팔방으로 흩어져 간 것이다.

그리되자 그곳에 남은 이들은 무공을 익히지 않은 몇몇 학승들과 백의전 출신의 의승들, 그리고 장문 방장만큼이나 나이 들어 보이는 예닐곱 명의 노승들뿐이었다.

그런 노승들을 향해 다시 원경 대사가 입을 열었다.

"호원의 주지들께선 노납을 따르시지요. 혹 천불동(千佛洞)에 은거하신 선사들 중에 누가 장난을 치신 것일 수도 있으니……."

그 말에 노승들 중 누군가가 나직한 불호를 읊조렸다.

"아미타불! 차라리 그것이 사실이라면 얼마나 다행이겠습니까?"

그 말에 대꾸라도 하듯 줄줄이 이어지는 또 다른 탄식들.

"그러게나 말입니다. 하필 이런 시기에……."

"대체 누가 있어 백의전에 흔적도 없이 들어와 마지막 하나 남은 대환단을 훔쳐 갈 수 있단 말입니까? 빈승은 그것이 아직까지 소림에 남아 있었다는 사실도 오늘에야 알았습니다."

"그렇습니다. 장문 사형! 어찌 그 같은 것을 비밀로 하시어 오늘 같은 사태를 초래하신 것입니까?"

"나한전주! 그게 중요한 것이 아니지 않소. 선대로 이어져 오는 진언에 따른 것이라 하는데, 어찌 그것을 방장 사형 탓으로 돌리는 것이오."

"사제의 말이 맞네. 중요한 것은 이 일이 내부인의 소행이 아니면 어림도 없는 일이라는 걸세."

"하니 천불전으로 가야지. 대체 어떤 분들이 아직 남아
계시기에 이 같은 황망한 일을 저지르신 것인지……."

"꼭 그렇게 단정 지을 수만은 없지 않겠습니까?"

"허허, 금일 내원으로 들어왔던 외인들은 화산의 첩지
를 가져온 젊은 도사 하나와 목불 노인뿐이라는데 그럼
설마 그들이 범인이겠소?"

그렇게 노승들 간의 이야기가 한참이나 이어졌고 이를
매듭지은 것은 장문인 원경 대사였다.

"정천이라는 도우가 아무리 매화검수라 하더라도 나한
당의 제자 아이들을 감쪽같이 속이고 대환단을 훔쳐 나갈
수는 없는 일일세. 아니 그런가?"

원경의 말에 모두가 나직하게 고개를 끄덕였다.

원자 배 배분을 지닌 노승들 모두 장문인의 사형, 사제
들이며 당대 소림을 이끌어 가는 이들이기에 누구 하나
고승 소리 듣지 못하는 이가 없었다.

그런 이들 모두가 동의하는 일이었다.

매화검수가 아무리 대단한 위명을 날린다고 해도 그것
은 소림의 산문 밖에서나 통용될 이야기였다.

백팔나한 중 누구를 뽑아 겨루게 해도 매화검수의 상
대로 충분하고도 남는다는 것이 소림의 무학에 대한 그들

의 자부심이었다.

더구나 화산 장문인의 비밀 첩지를 들고 은밀히 찾아든 매화검수가 그런 일을 행할 리가 없음이 당연한 일이었다.

하면 남는 것은 목불 노인뿐이었다.

하나 그것은 더더욱 말이 되지 않는 일이었다.

벌써 수십 년 동안이나 나무를 베어 내원과 외원 곳곳에 시주를 하고 가는 아자(啞者:벙어리) 노인이 바로 목불 노인이었다.

그가 소실봉에서 수 리나 떨어진 산자락에 초옥을 짓고 소림을 왕래한 세월이 얼마인지 아는 노승들이기에 그가 대환단을 훔쳤을지도 모른다는 생각을 하는 것마저 참으로 터무니없는 짓이라 여긴 것이다.

더구나 그가 역대 소림의 역사상 가장 어린 나이에 나한당의 무승이 되었다는 사실이나 주화입마로 무공을 상실하고 아자가 된 일, 또 그 일로 인해 스스로 파계를 청하여 수년간 외유를 했다 지금의 모습으로 되돌아와 목불 노인라 불리게 된 사연까지 너무나 잘 아는 터였다.

배분으로만 보아도 자신들 원자 배보다 한 배분 높은 지(知) 자 배의 항렬.

그런 이가 대환단을 훔쳤다는 말을 믿을 수도 없으며

설령 시도했다고 해도 어찌 나한승들의 눈을 피해 그 일을 행할 수 있었겠는가 하는 생각을 할 수밖에 없었다.

장문인 원경을 비롯한 이 자리에 있는 팔대호원의 주지들 중 최강이라는 나한전의 원공 대사마저도 삼엄한 경계를 감쪽같이 따돌리고 백의전에 잠입했다 사라지는 일은 불가능하다고 여길 정도였다.

그런 일을 수십 년 전에 무공을 상실한 목불 노인이 행했다는 말을 어찌 믿겠는가.

아니, 정말로 그가 그렇게나 강하다면 무엇 때문에 어린 사미승들이나 동자승들에게까지 놀림거리가 되며 수십 년 세월을 목불 노인으로 살아왔겠는가?

차라리 그가 무공을 상실한 지 얼마 되지 않았던 그 시절에 오늘 같은 일이 벌어졌다면 의심이라도 해 보았을 것이다.

하나 그것조차 사실 있을 수가 없는 일이었다.

백의전 안에 마지막 대환단이 있다는 사실은 당대 장문인과 백의전주에게만 전해져 왔다는 일, 하니 범인을 의심한다면 당연히 백의전과 관련된 일을 행했던 선대의 고승들이 될 수밖에 없는 것이다.

내막이 그러하니 지난 세월 동안 한결같았던 목불 노인을 향한 일말의 의심조차 일 수가 없는 것이다.

"모두 노납을 따르시지요. 아무리 천불전이라 하나 장문령부를 내세우면 선사들께서도 결코 우리들을 내치지 못할 것이외다."

"아미타불!"

일제히 이어지는 노승들의 불호와 더불어 소림을 움직이는 고승들의 발걸음이 바쁘게 천불동이 자리한 탑림 쪽으로 이어지기 시작했다.

한편 그 시각 목불 노인은 소림 고승들의 예상을 깨고 숭산을 벗어나고 있었다.

도저히 눈으로 따를 수 없을 정도로 맹렬한 신법, 거기다 그 눈빛은 너무나도 절절해 얼마나 다급한 사연이 있는지 한눈에도 보일 지경이었다.

'무사해야 하네. 반드시! 이것이라면 반드시 자넬 다시 일어서게 할 것이네……'

소림에선 그저 목불 노인으로 불리는, 하나 강호인들에게는 중살이란 악명으로 더욱 알려진 노인.

하나 그보다는 일공이란 이름과 과거의 법명인 지명이란 이름을 더욱 기꺼이 여기는 노인이 그렇게 혼신의 힘을 다해 숭산을 벗어나고 있는 것이다.

평생을 음지에서 살아오는 동안 그 누구보다 가까운

존재인 삼공 육진풍을 위해, 일공 그가 내달리는 신형은
그야말로 거칠 것이 없는 모습이었다.

＊　　　　＊　　　　＊

"쯧쯔!"

옅은 호롱불빛 하나가 전부인 모옥 안에서 눈을 뜬 육
진풍의 귓가로 나직하게 혀를 차는 소리가 들려왔다.

"이제야 정신을 차린 것이냐?"

그 음성의 주인이 누구인지 알아본 육진풍이 상체를
일으키려다 나직한 신음을 토해냈다.

"크윽! 선사께서 어찌 저를……."

"누워 정양하거라. 거동하려거든 아직도 수삼 일은 지
나야 할 터이니. 그렇다고 해도 다시 칼을 들게 되기까진
얼마나 걸릴지 장담할 수 없느니라."

자애로운 노인의 음성에 육진풍의 눈가가 잠시 망연해
졌다.

그 순간은 죽지 않았다는 안도감보다 몸 안에 한 줌의
내기도 느껴지지 않는다는 충격이 더욱 크게 다가왔다.

스스로 강호의 무인이라 생각하면서도 떳떳하게 자신
의 존재를 세상에 내보일 수 없었던 것이 육진풍의 지난

세월이었다.

그렇게 살면서도 스스로의 성취에 자부심만은 잃지 않으려 했다.

한데 이제 그것도 끝이 나 버렸다.

실로 너무나 허망한 마지막이란 생각을 떨쳐 낼 수가 없는 것이다.

당금 강호에 자신의 적수가 될 수 있는 이가 몇이나 되겠는가 하며 지내 온 세월.

평생의 지기인 두 봉공과 도불쌍성 정도가 전부일 것이라 여겼던 그에게 지금의 상처는 도저히 떨쳐 낼 수 있는 성질의 것이 아니었다.

더더구나 사문 화산을 피로 물들인 벽마를 만나기도 전에 벌어진 일이었다.

그에게 당한 것도 아니라 멸문된 것이나 다름없는 단목세가의 핏덩이 같은 어린놈에게 죽음 직전까지 내몰렸으며 내공의 태반을 유실해 버렸으니 육신에 난 상처보다 마음에 새겨진 상흔이 더욱더 고통스러웠다.

평생을 화산의 그림자로 살아오면서 참으로 모진 일도 많이 겪었고 또한 그보다 더욱 험한 일도 앞장서서 행해야 했다.

그러한 모든 일들을 자신의 삶으로 받아들일 수 있었

던 것은 스스로 화산의 그림자로 족했기 때문이었다.

자신이 음지에 있기에 양지에 선 화산의 제자들이 더욱 빛이 나는 것이라 애써 자위하며 살아온 삶.

한데 정작 사문이 가장 참담한 상황을 겪고 있는 시기에 너무나 무력한 패배를 당하고 말았으니 더없는 자괴감이 그를 괴롭히고 있는 것이다.

"그 몸을 하고도 사문의 일이 먼저 신경 쓰이는 것이냐?"

때마침 이어진 나직한 노인의 질책에 육진풍은 흔들리는 눈을 냉랭히 감는 것으로 답을 대신했다.

"아서라. 그간 너로 인한 평온 속에 성세를 구가해 온 화산이지 않느냐. 도(道)를 버린 그들에게 남은 것이 무(武)와 속(俗)을 빼고 무엇이겠느냐? 그런 화산의 아이들이 더 큰 무 앞에 생을 마감했거늘 거기에 한가득 원(怨)을 담아 무엇할 것이냐? 결국 한정 없는 업(業)만 더 쌓일 것이야."

연이어진 노인의 질책에도 불구하고 육진풍의 감겨진 눈썹은 한참이나 떨림을 잃지 않았다.

"쯧쯧! 평생을 음지에 살더니 죽어서도 화산의 그림자로 남으려 하는구나."

"선사······. 나를, 아니, 우리들을 이리 만들어 놓은 것은…… 당신들이 아니었습니까?"

눈을 감은 삼공 육진풍의 입가에서 원독 어린 음성이 나직하게 흘러나왔다.

하나 그를 내려다보는 노인의 얼굴에 서린 것은 더없는 평온함이었다.

"그 말이 맞다. 나 또한 살업(殺業)을 못 이기고 광승(狂僧)이 되어 숱한 업을 중첩하였으니 내 지난 시간들이 온통 참회라는 이름 하나로 귀결되었음을 너 또한 알고 있지 않더냐? 하나 근자에 이르러서야 그 안에 숨은 천리를 보았으니 하늘이 나를 태어나게 하고, 또한 모진 길로 나를 내몰았던 것 모두가 귀히 쓸 곳이 있었기에 행한 일임을 깨달았느니라. 이는 너와 더불어 남은 두 아이들 모두에게 해당되는 일이기도 하느니. 부디 앞으로라도 스스로를 중히 여겨야 할 것이다."

노인의 따스한 음성에도 불구하고 육진풍의 얼굴은 점점 더 일그러졌다.

"모르겠소. 나는 모르겠소이다. 나는 악귀요. 나는 마귀였소. 나는 그것으로 족하오. 그런 내 길이 정녕 천리에 따른 것이라면 절대 용서할 수 없소. 나를 그 길로 내몬 자가 있다면 반드시 베어 버리고 말 것이오."

이빨이 다 닳아 없어질 듯 꽉 깨물며 흘러나오는 육진

풍의 음성에 마주한 노인의 얼굴도 점차 굳어졌다.

한참이나 말없이 육진풍의 얼굴을 바라보던 노인의 입에서 전에 없이 나직한 음성이 흘러나왔다.

"네가 천리를 벨 수 있다면 그것이 바로 도(道)일 것이다. 그것이 무량수불이로고, 아미타불이로고······."

도사의 진언인지 중의 염불인지 모를 기묘한 중얼거림이 노인의 입에서 한동안 계속되었지만 육진풍의 상념은 더욱 깊어만 갔다.

때마침 다시금 이어지는 노인의 뜻 모를 소리들이 육진풍의 머릿속을 더욱 혼란스럽게 하고 있었다.

"화가 나면 화를 내어라. 슬프면 울어라. 그리고 기쁜 일이 생기면 소리 내 웃어 보거라. 그리 살지 못했으니 내 그리 만들어 줄 것이다. 내 너희에게 분명 그 같은 자리를 만들어 줄 것이다. 너희가 있었음을 이 세상이 알 수 있도록······."

노인의 음성에 실린 따스한 기운들이 흔적도 없이 육진풍의 전신을 감싸기 시작하자 굳어졌던 육진풍의 미간 사이로 자그마한 떨림이 일기 시작했다.

일공은 안다고 하지만 육진풍은 알지 못했다.

무선의 그림자마저 지워 냈을 것이라는 선사의 무위가 어느 정도나 되는 것인지.

다만 지금 느껴지는 따스함은 확실히 그가 평생을 살아오면서 한 번도 느껴 보지 못한 종류의 기운이라는 것만은 확실했다.

그 따스함과 함께 다시 한 번 실려 오는 노인의 음성.

"나와 더불어 천무(天武)를 베어야 하느니. 그로 인해 세상에 인간의 도(道)를 세우는 것이 우리들의 천명일 것이다. 무량수불! 아미타불!"

*　　　*　　　*

"대인, 무슨 생각을 그리하십니까?"

"별일 아니오. 그보다 이번 일, 고맙소."

"어찌 그런 말씀을…… 그저 송구할 뿐입니다. 대인."

"아니오. 그대 덕에 다행히도 그 아이의 출사를 막을 수 있지 않았소. 아무리 하고자 하는 일이 중하다 해도 부자간 칼부림을 내는 일이 있어서야 되겠소?"

"소인이 나서지 않았다 하더라도 공자께선 황성의 일에 관여치 않았을 것입니다. 황제의 면전에서 강호로 나아간다 하셨으니……."

"결국 그렇게 되었구려. 하긴 나보단 그녀의 피를 더 많이 닮은 아이이니……."

유기문의 말에 곽영의 안색이 급변했다.

유기문이 언급하는 그녀가 누구인지 너무나 잘 알고 있기 때문이었다.

칠패(七悖) 중 검한(劍恨)이라 칭해지는 북궁세가의 마지막 생존자 북궁연, 바로 그 여인이 눈앞의 이 거대한 사내가 평생 동안 가슴에 새겨 온 유일한 정인이란 사실까지 너무나 잘 알고 있었다.

또한 봉공의 후인으로 길러지던 곽영 자신과 그 동료들의 첫 번째 출정이 그녀를 베고자 나섰던 길이란 사실역시 결코 잊을 수 없는 일이었다.

그때만 해도 곽영은 그 일을 그저 닭의 목을 비트는 것만큼이나 쉬운 일이라 생각했었다.

아무리 그녀가 검제의 가문 출신이라 해도 북궁혈사가일어난 지 수십 년이나 지난 시점의 일이었으니 긴장할이유가 전혀 없다고 여긴 것이다.

그것은 그녀가 당당히 칠패 중 한 명으로 언급된다 해도 달라질 것이 없는 이야기였다.

그때 만해도 아홉 봉공들의 무공이야말로 의심의 여지가 없는 최강이라 추호도 의심치 않았기 때문이었다.

그런 이유로 불성의 가르침마저 뒤로한 채 소림의 산문을 벗어나 일공을 따른 곽영이었으니 검한마녀란 이름 정도가 위협이라 여길 리 없었던 것이다.

더구나 쫓기고 쫓겨 청해성 끝자락까지 숨어든 여인 하나를 베기 위해 아홉이나 되는 동료들 전부가 나섰고, 봉공들 중 일공과 더불어 가장 강하다는 삼공이 함께한 자리였기에 애당초 위험스러운 일에 대한 생각조차 하지 않은 것이다.

하나 그 출정에서 검한마녀의 검에 아홉의 동료 중 무려 여섯의 목숨이 끊어졌다.

환우오천존의 이름이 어찌하여 그토록 오랜 세월 동안 강호인들에게 회자될 수 있었는지, 또한 그들의 이름을 넘겠다는 일념 하나로 세상의 그늘에 숨어 패도 일변도의 무공들을 만들어 낸 봉공들의 유래 역시 절절히 깨우치게 된 계기였다.

더구나 그곳에는 뜻하지 않게 도왕 금도산까지 함께 있었으니 삼공은 더 이상 곽영이나 그의 동료들에게 도움이 될 수 없었다.

결국 그녀를 벨 수 있었지만 그 결과는 너무도 참혹한 것이 아닐 수 없었다.

그리고 당시 죽은 여인의 시신 곁에 나타난 사내 유기문을 처음 만나게 되었다.

그저 죽은 여인을 보며 오열하는 것이 전부였던 문사

차림의 사내, 그가 두 사람 사이에 태어난 것으로 보이는 갓난아이를 안고 그저 목 놓아 울던 것을 보았던 것이 유약해 보이기만 하던 유기문과의 첫 대면이었다.

사실 그 무렵은 동료들을 잃은 충격에다 봉공들의 무학이 최강이 아니라는 사실을 알게 된 사실 때문에 그의 존재 따윈 염두에 둘 거리도 되지 못했다.

결국 그 충격들을 벗어나기 위해 곽영이 택한 것은 음지가 아닌 양지의 삶이었다.

곽영은 그때 이미 불성으로부터 달마삼검(達磨三劍)과 수미대불력이라는 불가 무학의 정화를 얻은 상태였다.

하나 그 느리기만 한 성취를 견디지 못하고 봉공의 무학에만 매료되었던 것이다.

하나 검한마녀의 일을 겪으며 일공의 혈섬지 만으로는 한계가 있다는 생각을 지우지 못했다. 결국 아무리 강해져도 사부인 일공의 경지에 머물 것이라는 생각에 외려 그간 익혀 온 봉공의 무학들을 버리고 불성의 무공을 택한 것이다.

한데 크나큰 문제가 생겨 버렸다.

일정 수준에 이르자 내력의 근본이 되는 혈라강기가 수미대불력과 상충하면서 입마의 조짐을 일으켰던 것이다.

곽영은 크게 당황했다.

세상에 알려지지 않았지만 혈라강기는 강호상에 존재하는 그 어떤 내공심법보다 뛰어나다 할 수 있는 절대의 신공이었다.

이름만으로는 그저 패도 일변의 무공이라 여길 수도 있겠지만, 그 이름의 연원은 무공의 특성 때문이 아니라 혈나한(血羅漢)의 환생이 되어 소림을 지키라는 상징성에 국한된 것일 뿐이었다.

실상 혈라강기는 소림의 무학뿐 아니라 도문의 무학은 물론이요 강호상의 그 어떤 무공이라도 펼쳐 낼 수 있는 어마어마한 심법이니 그야말로 신공이라 부르는데 주저할 이유가 없는 절기였다.

한데 그 혈라강기가 같은 뿌리를 둔 무학이라 여긴 수미대불력과 상충하여 주화입마를 일으킬 조짐을 보이니 도저히 그 답을 찾을 수가 없었다.

결국 수미대불력은 포기해야만 했다.

나중에서야 유기문을 만나 수미대불력의 뿌리가 불가와는 전혀 상관없는 상문(上門)에 기반을 둔 무공이란 사실을 알게 되었지만 당시엔 그런 것이 있다는 생각조차 하지 못했던 곽영이었다.

그리하여 결국 남게 된 것은 삼검뿐이었지만 천만다행

으로 삼검은 혈라강기와 제짝이라도 된 듯 너무나 잘 어울렸다.

흡사 달마삼검을 위해 혈라강기가 만들어진 것은 아닐까 하는 생각이 들 정도였으며 이에 극을 보기 위해 매진하던 그 무렵 곽영에게 가장 필요했던 것은 피가 튀는 전장이었다.

불가 무학의 정화이면서도 그저 심상의 깨달음으로는 도저히 극의를 얻을 수 없는 무공이 바로 삼검임을 알게 되었으니, 결국 곽영이 택할 수 있는 길은 오직 전장으로 나아가는 것뿐이었다.

삼검의 극의는 혈로 속에서 살검이 아닌 활검의 경지를 얻어내는 것에 진의가 있었으니 다른 선택은 있을 수가 없었다.

때마침 장성 너머로 북원의 도발이 들끓기 시작했던 때였고 그런 이유로 곽영이 군문에 몸을 담는 데는 전혀 문제가 없었다.

더구나 소림의 속가제자란 확실한 신분과 당대의 신승이라 추앙받던 불성 지공 대사의 직전을 이었다는 사실이 더해졌으니 누구보다 떳떳하게 군문에 발을 들일 수 있던 것이다.

그 후로도 소림의 지원까지 더해지자 곽영은 무관 말

직에서 출발해 정천호란 고위 무장의 자리까지 불과 삼 년 만에 꿰찰 수가 있었다.

물론 그만큼 전장에서 혁혁한 공을 세우기도 했지만 그보단 소림의 지원과 신분이 그의 출세 가도를 탄탄히 만드는 밑거름이 된 것이다.

그 후 십 년 가까운 세월을 정신없이 삼검을 익히며 보냈고 자신의 성취에 더없이 만족할 수 있었다.

그 무렵 참으로 느닷없이 눈앞의 유기문이 나타났다.

더구나 그가 찾아온 곳은 전쟁이 한창이던 초원의 군막 안이었고, 당연히 병사들의 삼엄한 경계가 이루어지고 있을 때였다.

그렇게 다시 만난 유기문 앞에서 곽영은 검조차 뽑아 볼 수 없었다.

삼검의 극의를 완성해 가고 있다고 믿었던 곽영에게 눈앞의 유기문은 참담함을 넘어 그야말로 경이로운 무를 이룬 숭배의 대상일 수밖에 없었다.

그런 이에게 죽게 되었으니 참으로 다행이라 생각하면서도 도저히 짐작도 하지 못할 정도의 경지에 이른 그를 보며 단 한 번, 단 한 순간만이라도 그 경지를 보고 싶다는 간절한 바람을 했다.

그렇게 죽음을 받아들이기 직전 마주 보았던 유기문의

눈을 곽영은 도저히 잊을 수가 없었다.

호수의 깊고 깊은 심연처럼 느껴지던 그의 눈빛 앞에 실오라기 하나 걸치지 않고 벌거벗겨진 것만 같았다.

도저히 이해할 수 없었다.

그 앞에선 가식도 허울도 모두 소용없었다.

그는 온전히 자신의 모든 것을 꿰뚫고 있었고 그가 그런 눈으로 자신을 보고 있다는 것을 처절하게 느낄 수가 있었다.

그러면서도 진정으로 그가 이룬 무경이 궁금했다.

도저히 재어볼 수 없기에, 어떠하다는 상상조차도 할 수 없기에 그저 알고 싶었을 뿐이었다.

한데 그가 자신의 목숨을 취하지 않고 홀연히 떠나 버렸다.

그것이 유기문과 곽영의 두 번째 만남이었다.

그 후로도 한참의 시간이 흐른 뒤 또다시 막사 안으로 바람처럼 스며든 날 했던 유기문의 말은 아직도 곽영의 머릿속에 또렷이 남아 있었다.

"그대가 가고자 하는 곳을 향해 길을 열어 준다면 나를 따를 수 있겠소?"

곽영은 고민할 필요도 없이 그 앞에 무릎을 꿇었으며 그 후로 그의 지시에 따라 금의위에 몸을 의탁했고, 태공공의 심복인 양 행동해 온 것이 지난 과거사였다.

어쨌거나 유기문과의 첫 인연은 더할 수 없는 악연에 불과했지만, 지금은 자신의 모든 것을 다 내던져도 좋을 만큼 마음 깊이 그를 따르는 것이 곽영이었다.

그렇기에 검한이란 이름이나 두 사람의 자식인 연후 앞에서 자유롭지 못한 것도 어쩔 수가 없는 것이었다.

"괜찮소이다. 잊지는 않았으나 원망은 하지 않으니. 그때의 공이 어쩔 수 없었음을 내 알고 있소이다."

갑작스런 유기문의 음성에 곽영의 표정에 죄스러움이 더욱 커졌다.

그가 사람의 마음까지 속속들이 읽어 낼 수 있음을 알게 된 것은 꽤나 오래전 일이지만 막상 그 일을 겪을 때면 절로 몸이 굳어질 수밖에 없는 것이다.

"그나저나 그 음사란 이는 어찌할 생각이오?"

전혀 뜻밖의 질문에 말문이 막혀 버린 곽영, 하나 유기문은 그런 곽영을 보며 참으로 인자한 미소를 지어 보였다.

"따스하구려. 그거면 되었소. 그를 치죄할 마음은 없으니……."

순간 곽영의 눈가가 크게 흔들렸다.

사실 요 근자 곽영의 가장 큰 고민거리가 바로 그의 처우 문제였기 때문이다.

아무리 그가 태공공의 심복으로 지내며 행한 일들의 죄가 크다고는 하지만 곽영에게 남은 유일한 동료였다. 그것도 세상에 알리지 못하는 유년의 시절을 고스란히 함께 보낸 유일한 존재.

그를 모질게 내칠 수 없는 것은 그의 존재 속에 자신의 과거가 고스란히 담겨 있음을 부정할 수 없기 때문이었다.

그런 음사의 처결을 유보한다는 유기문의 말에 곽영의 음성이 절로 떨릴 수밖에 없었다.

"감사합니다. 대인……. 감사합니다."

"그에게도 공에게 했던 것처럼 그저 기회를 주고자 할 뿐이외다. 내 말이 무슨 뜻인지 잘 알 것이라 믿소."

"그저 감사할 따름입니다. 그는 번천회에서도 큰 일을 할 수 있습니다. 은신과 잠입, 염탐이나 추적 등의 일에 관해선 그와 비견될 이가 없을 것입니다."

곽영의 나직하지만 진심이 가득한 음성을 듣는 유기문의 입가에 따스한 미소가 머물다 사라졌다.

"그가 필요해서가 아니라 공이 그대를 아끼기에 허락

하는 것이오."

"송구합니다."

"하하하! 그나저나 벗이라, 참으로 좋구려. 오랜만에
나도 의형을 뵈러 가야겠다는 마음이 이는구려."

곽영의 모습을 보며 유기문은 평생의 유일한 지기라
할 수있는 사내 도왕 금도산을 떠올렸다.

그러면서도 마음 한편에 어두운 그늘이 생기는 것을
지울 수가 없었다.

'형님께는 언제나 죄스러운 마음뿐입니다. 하나 어쩔
수가 없는 일, 머잖아 강호 무림은 사라지게 될 것입니
다. 그것이 그녀를 죽게 한 이 세상에 대한 나 유기문의
복수입니다.'

第三章

시절은 흘러가도

석양이 내려앉아 가는 시각의 동정호변은 낮 동안의 번잡스러움이 완연히 사그라지며 잔잔한 수면의 모습처럼 더없이 고요해져 갔다.

　붉게 물든 하늘을 그대로 닮아 가는 호변의 물빛은 가히 절경이라 불러도 손색이 없을 장관을 이루며 보는 이들의 넋을 빼앗아 갈 정도였다.

　악양루의 삼층 난간에 나란히 선 채 눈앞에 펼쳐지고 있는 그림 같은 풍경을 말없이 바라보고 있는 네 명의 사내들 역시 그들을 둘러싼 주변의 풍광과 어울려 더없는 멋을 풍기고 있었다.

　각기 다른 복색을 하고 있으며 또한 각기 다른 저마다

의 사연을 지녔음에도 그곳에 선 사내들은 모두 약속이나 한 듯 침묵했다.

이럴 때면 으레 먼저 입을 여는 무린조차 눈앞의 경치에 취하기라도 한 듯 말이 없으니 그들을 둘러싼 고요함은 붉게 물든 석양이 먹물 빛으로 변해 어둠 속으로 사라져 갈 때까지 오래도록 계속되었다.

그렇다고 그들의 분위기가 어색하다거나 무거운 것은 아니었으며, 비록 오가는 대화는 없어도 몇 년간의 시간이 무색할 만큼 허물없는 서로의 정이 느껴졌다.

그렇게 이어지는 오랜 침묵을 깬 것은 의외로 사다인이었다.

"앞으로 어쩔 것이냐?"

딱히 누구를 지칭하여 물은 것은 아니었지만 연후나 무린, 단목강 모두는 지금 서로가 나누어야 할 가장 큰 이야기가 바로 그것임을 충분히 공감하고 있었다.

"그러는 너는 따로 세운 계획이라도 있더냐?"

사다인의 질문에 또 다른 질문으로 응대한 것은 연후였다.

한데 그 말을 중간에 가로채듯이 받은 것은 단목강이었다.

"형님! 형님께서 소제를 도와주시면 아니 되겠습니까?

비록 역모의 굴레를 벗었다 해도 본가를 재건키 위해선 형님의 도움이 절실히 필요합니다."

과거의 단목강이었다면 절대 하지 않았을 것만 같은 이야기인지라 연후는 잠시 고개를 갸웃거렸다.

연후가 아는 단목강은 절대 자신의 일을 타인에게 의지하려는 이가 아니었다. 더더욱 그 사안이 가문의 재건이라는 중차대한 것이라면 남의 도움 따윈 결코 바라지 않으리라는 것을 알기에 단목강의 말을 잘못 들은 것은 아닌가 하고 느낄 정도였다.

하나 연후와는 달리 사다인의 눈빛은 담담하게 단목강을 향해 고정되었으며 이내 피식 웃으며 한 소리를 내뱉었다.

"왜? 어디 가서 내가 객사라도 할까 봐 걱정이냐?"

예상치 못한 사다인의 말에 단목강이 당황한 표정을 애써 감추며 허둥댔다.

"아닙니다. 형님! 형님께서 도와주신다면 분명……."

"시끄럽다. 나를 걱정하는 네 마음은 충분히 알고 있다. 하니 마음에도 없는 소릴랑 꺼내지 말거라. 네 힘으로 단목세가를 반석 위에 세우고 싶은 마음을 내 모를 것이라 생각하느냐?"

"형님……."

"되었다. 그 세가 연합인가 뭔가 하는 녀석들이나 구대문파라는 놈들 모두에게 전해라. 날 잡고 싶은 놈들은 나한테 오라고. 거기에 네놈 집안을 끼워 넣고 싶은 생각 전혀 없다."

사다인의 일말의 여지도 남겨 두지 않는 단호한 모습에 단목강은 더 이상 다른 말을 꺼낼 수가 없었다.

사다인의 말 중 틀린 것이 전혀 없음을 잘 알고 있기 때문이었다.

자신과 세가의 일로 인해 오수련은 물론 구정회에게까지 쫓기게 되었으니 이제라도 그를 도와야 함이 마땅하다는 생각이었다.

더구나 그동안 가장 큰 제약이었던 역모의 죄를 벗게 되었으니 이제 세상에 단목세가의 건재함을 알리고, 세가의 이름으로 벽마란 이름을 보듬어 안는다면 당장 사다인을 향하던 칼끝을 단목세가를 향해 돌릴 수 있다는 판단이었다.

그리된다면 어중이떠중이 무인들이나 어지간한 중소방파의 인물들이 섣부른 행동을 할 수 없을 것이며 아직까지 단목세가와 직접적인 은원이 없는 명문 거파들 역시 쉽사리 사다인을 향해 적의를 표하진 못할 것이란 생각이었다.

물론 그리되기 위해선 세가의 힘이 아직도 건재하다는 것을 만천하에 똑똑히 각인시켜야 하며, 과거 세가의 멸문지화에 얽힌 오수련과의 직접적인 은원 역시 서둘러 풀어야 하는 것이 우선되어야만 했다.

그 과정에서 벽마란 존재가 크나큰 부담일 수밖에 없는 것도 부인할 수는 없는 일이었지만 그렇다고 이를 못본 척한다는 것 역시 도저히 있을 수가 없는 일이었다.

나름 세가의 안위까지 걸고 고심하여 내민 제안이건만 사다인에게 보기 좋게 내심을 들키고 또 일언지하에 거절당해 버렸다.

그렇다고 해도 단목강은 충분히 사다인의 마음을 납득할 수 있었다.

'하긴, 사다인 형님이 누구에게 아쉬운 소릴 할 분은 아니시지. 그래도 구대문파라면 마음이 놓이질 않는데……'

특히나 얼마 전 무산에서 있었던 화산파와의 충돌은 구대문파 모두를 움직이게 하기 충분한 사안이었다.

구파는 언제나 강하고 또 부담스러웠다.

천하제일가란 이름으로 단목세가의 명성이 중원 전체를 위진할 때도 구파와의 충돌에선 양보를 먼저 해야 할 정도로 부담스러운 상대인 것이다.

잔존한 단목세가의 힘은 그들 구파 중 하나를 감당하기에도 열세였다.

최선이라면 더 나빠지기 전에 사다인과 구대문파 사이를 중재하는 것뿐.

한데 사다인 본인이 냉정히 거절하고 나자 상념은 더욱 복잡해져만 갔다.

자기 자신의 독단으로 세가 전체를 위험에 빠뜨릴 수는 없다는 생각과 한편으로 그가 자신과 세가를 위해 오수련과 어떤 싸움을 했는지 아는데 그 은혜를 저버리면서까지 세가의 재건을 도모해야 하는가 하는 생각이 교차해 단목강의 상념이 더욱 복잡해질 수밖에 없었다.

그 무렵 다시금 연후가 나섰다.

"묻지 않았더냐, 앞으로 무엇을 할 것이냐고? 전처럼 그렇게 오는 싸움 안 막고 만나는 이들마다 다 적으로 만들며 지낼 것이냐?"

담담하기는 했지만 그것이 연후가 꺼낸 말이기 때문에 더더욱 뼈가 있음을 느끼지 못하는 이가 없었다.

그렇다고 해도 연후에게 거리낄 것이 전혀 없는 것 또한 사다인이었다.

"중살(衆殺) 그놈들은 내 몫이다. 너희들은 나설 것 없다. 특히 연후 너도!"

사다인의 날 선 음성에도 불구하고 누구 하나 긴장하거나 얼굴이 굳어진 이는 없었다.

그것은 연후 역시 마찬가지였다.

이미 단목강이 중살과 마주쳤단 이야길 들은 터였기에 앞으로 사다인의 행보가 자연히 그쪽을 향할 것임을 짐작했기 때문이었다.

유가장 참화가 벌어졌던 그 시절 조부 유한승의 죽음에 그 누구보다 분노했던 것이 사다인이었다.

자신에겐 그저 조부였지만 사다인에게는 둘도 없는 스승이었던 존재였다. 그때 복수를 다짐하며 분노하던 사다인의 모습을 분명히 기억하기에 중살을 향한 그의 적개심을 십분 공감할 수 있는 것이다.

물론 그렇다고 그 일을 나 몰라라 사다인에게 양보할 생각 따윈 없는 연후였다.

"황궁의 내시 녀석은 네가 죽였지 않았느냐? 하면 그 놈들만은 내게 양보해라. 그것이 한없이 베풀어만 주신 스승님의 은혜를 조금이라도 보은하는 길이다. 그게 끝나면 두말 않고 남만으로도 돌아가지."

다시금 이어진 사다인의 음성은 조금 전과 달리 나직했고 그 안에 실린 그의 마음 역시 충분히 전해져 왔다.

그렇다고 해도 마냥 사다인의 말을 따를 수도 없는 입장.

실제로 그들 중살은 연후에게 조부와 유가장 식솔들의 원수이기도 했지만 얼굴 한 번 본 적 없는 모친의 원수이기도 했다.

그런 이들을 찾아 그 죗값을 묻는 일인데 그것이 어찌 양보하고 말고 할 일이겠는가.

사다인의 마음은 충분히 이해한다고 하더라도 이는 전혀 다른 성질의 문제였다.

그때 마침 은근슬쩍 끼어들어 오는 음성이 있었다.

"야! 니들도 참 한심타. 그냥 둘이 같이하면 될 일 아니야? 벌써 두 사람이 친구라는 거 세상이 다 아는데 왜 니 둘은 따로따로 놀라고 그러는데? 니들 별호가 신주쌍마라며? 대체 신주쌍마가 뭐냐? 신주쌍마가……."

혀까지 끌끌 차며 밉살스럽게 구는 혁무린의 음성에 사다인이 발끈하려 하려다 간신히 참아냈다.

연후가 그런 흉명을 얻게 된 사연이 모두 자신의 부상 때문임을 알기에 나서 봐야 그저 변명을 주절거리는 것에 불과하다는 것을 아는 탓이었다.

그렇다고 해도 곱게 무린의 말을 넘길 수는 없는 일이었다.

"그러는 네놈도 중살이란 녀석들에게 빚이 있을 터인데……. 초노인이라고 했던가? 그때 우릴 구해 주었던 그 노인이?"

사다인이 초노인의 이름을 언급하자 무린의 얼굴이 잠시간 살짝 굳어졌다가 이내 다시 본래의 신색으로 돌아왔다.

그러더니 여전히 밉살스런 태도로 주절거리기 시작했다.

"이 몸에게 그런 잔챙이들은 아무런 의미도 없지. 닭 잡는데 소 잡는 칼 쓰는 건 분명 낭비라고. 솔직히 내가 나서면 니들한테는 국물도 남지 않는다. 그래 줄까?"

무린의 말에 사다인은 참으로 어처구니없다는 표정이었지만 단목강이나 연후의 반응은 또 달랐다.

무린과 망량겁조의 관계를 아는 단목강에겐 무린의 말이 그저 허풍처럼만 들리지 않는 탓이었다.

하지만 정작 연후는 마주하고 있는 무린이 이제껏 자신이 알아 왔던 혁무린이란 기억 속의 친구와 너무나 상이한 느낌을 받게 되었으니 잠시 동안 그가 너무나 낯설게만 느껴진 것이다.

특히나 과거의 그 시절 무린이 초노인이란 이의 죽음에 얼마만큼 분노하고, 또 얼마만큼이나 슬퍼했는지를 똑똑히 기억하고 있기에 중살에 관한 일을 농담처럼 내던지는 무린의 모습이 너무나 생소하게 다가오는 것이다.

하지만 정작 무린의 내심은 연후나 단목강의 생각과는
또 달랐다.

지금의 무린에게 중살이란 이름은 그저 자부가 저지른
지난 과오 속에서 생겨난 작은 생채기 같은 것일 뿐이었
다.

망량의 저주라 불리는 부친, 그가 살아오며 행한 과오
들로 인해 세상에 풀려 버린 자부의 무공들이 환우오천존
이라는 존재들을 이 땅에 나게 했으며, 그런 절대자들이
드리운 그림자를 넘어서기 위한 중원 무림의 처절한 몸부
림의 결과가 바로 봉공이라 불리는 이들임을 아는 무린에
게 그들 중살은 단죄의 대상이 아니라 치부의 결과물일
수밖에 없는 것이다.

물론 초노의 죽음은 절대로 잊을 수가 없는 일이었지
만 그 또한 그저 강호의 일이라 애써 외면하려 했다.

자그마한 상처는 그저 내버려 두면 자연스레 치유될
일, 억지로 잡아 뜯어 더한 상흔을 만들 이유가 없다는
생각이었다.

사사로운 은원 때문에 자부가 강호에 개입하게 되면
그 폐해가 어떠한 파장을 일으키는지 너무나도 잘 아는
무린이기에 중살의 일은 그저 친우들에게 맡길 뿐이었다.

"하면 무린 형님은 앞으로 어쩌실 계획입니까? 신강으

로 돌아가실 겁니까?"

단목강의 조심스런 질문에 무린이 머리를 긁적거리며 잠시간 답을 망설였다.

사실 오매불망 자신만을 바라보는 단목연화 때문에 단목강을 마냥 편하게 대할 수 없는 것도 사실이었다.

그러거나 말거나 무린의 천성은 어쩔 수가 없었다.

"글세, 일단은 해야 할 일이 하나 있어 중원을 돌아다녀야 하긴 하는데…… 아참! 너네 집 이제 괜찮아졌지? 그럼 꼼쳐 두었던 천하상단의 돈도 어마어마하겠네?"

"네엣?"

"어라, 이 녀석 정색하는 거 봐라. 아무리 역모에 휩쓸렸다지만 상단의 그 많은 재산들을 모조리 빼앗기진 않았을 거 아니냐? 부자는 망해도 삼대를 놀고먹는다는데 천하상단이라고 다르겠냐. 일단 은자 좀 넉넉히 챙겨 주라. 중원에서 나다니려니까 죄다 돈이다, 돈."

무린의 때 아닌 너스레가 이어지자 단목강은 더없이 난처한 표정을 지을 수밖에 없었다.

물론 무린의 말처럼 멸문의 화를 미리 대비한 천하상단은 상당수의 재산을 은닉해 둘 수 있었다.

하나 그것은 어디까지나 상단주인 천하십숙이나 움직일 수 있는 돈들이지 단목강이 사사로이 용처를 정할 수 있는 것들이 아니었다.

거기다 오랜 세월 폐관 수련에 매진해 온 단목강에게 여분의 자금 같은 것이 있을 리 없었다.

하니 은자를 구하자면 다시 무곡까지 가야 하거나 그도 아니면 은거한 천하십숙이 세가의 재건 소식을 듣고 찾아오기를 마냥 기다려야 하는 상황인 것이다.

그것도 아니라면 부득불 자운 공주에게 손을 내밀어야 하는 상황인데 단목강의 성정상 공주에게 그런 말을 꺼내는 것이 쉬울 리가 없는 것이다.

자연스레 굳어진 단목강의 얼굴에 무린이 살짝 인상을 찌푸렸다.

"이래서 있는 놈들이 더하다니까. 됐다, 됐어. 들었지, 연후야? 저놈 사정이 저렇다네. 그러니 네가 좀 빌려 주라. 나중에 나 사는 곳까지 놀러 오면 백 배로 갚아 주마. 원래 내가 엄청 부자다. 급하게 나오느라 챙겨 오질 않아서 그래."

"……."

"뭐냐 그 표정은? 설마 못 믿냐? 아님 너도 거지?"

"흠흠!"

"그럼 당가 아가씨한테 변통이라도 해서 좀 빌려 줌 안 되겠냐? 당가도 어마어마한 부자일 텐데……."

연이어진 무린의 말에 연후의 표정이 더욱더 굳어지더니 하는 수 없다는 듯 품 안에서 전낭을 꺼내 무린에게 건냈다.

전낭을 받아 든 무린이 슬그머니 끈을 열어 보더니 그 안에 가득한 은전을 보며 히죽 웃었다.

"와! 오십 냥은 너끈하게 넘어 보이네. 자식, 이렇게나 많으면서…… 여하간 고맙다. 진짜로 몇 배로 갚아 줄 테니까 그런 걱정스런 표정하지 말아라. 누가 보면 내가 나쁜 놈 같을 거 아니냐?"

무린이 대놓고 무안을 주는데도 연후는 그저 담담한 표정으로 말을 이었다.

"본래 강이에게서 받은 것이니 예를 표하려거든 강이에게 하거라."

전혀 뜻밖의 말에 단목강의 얼굴이 변했다.

자세히 전낭을 살펴보니 과연 몇 해 전 북경에서 연후에게 억지로 안기다시피 주었던 전낭이란 것을 알 수 있었다.

은자 백 냥이 들어 있던 전낭, 벌써 오 년이나 지났는데 그간 그 절반도 사용치 않았다는 사실에 꽤나 놀랄 수밖에 없었다.

그만큼 그 은자들을 소중히 여겼다는 말, 사소한 것이

지만 그런 연후의 마음에 더욱 깊은 정이 느껴질 수밖에 없었다.

그런 내막을 아는지 모르는지 단목강을 보는 무린의 눈초리가 매서워졌다.

"나쁜 놈! 나한테는 꼴랑 마차 한 대 빌려 주더니 연후에겐 이런 거금을!"

"그런 것이 아니오라……."

"됐다, 됐어. 하여간 그림 이걸로 니들 영약 값이랑 퉁치자."

"네에?"

"어라 이놈 봐라. 친구 지간이니까 더 계산은 확실히 해야지. 안 그럼 의 상한다. 연후 너 예전에 내가 준 영단 먹었던 거 기억 안 나? 그리고 강이 너, 솔직히 치사해서 내가 말 안 할라고 했는데 네 어머님께 드린 그거 무지 비싼 거다. 요 돈 천 배가 있어도 못 구해. 그러니까 이걸로 깔끔하게 계산 끝내자는 말은 다 니들 위해서 그러는 거다. 알지? 나 절대 쪼잔한 사람 아니야."

어찌 그 일들을 잊었겠느냐마는 느닷없는 무린의 말에 연후나 단목강 모두 황당한 표정일 수밖에 없었다.

"하여간 그럼 됐고! 자, 다들 한잔 더 하러 갈까? 주머니도 두둑해졌는데…… 물론 여자들 빼고 우리끼리. 아니, 어디 근사한 도박장에라도 한 번 가서 죄다 쓸어 올까? 악양이면 물도 좋을 거 같은데."

무린의 넉살에 다른 친구들은 더욱더 당황스러운 얼굴이 될 수밖에 없었다.

특히나 연후나 단목강의 표정이 그러했는데 그도 그럴 것이 바로 아래층에 자운 공주를 비롯한 당예예와 은서린, 단목연화가 모여 있음을 알기 때문이었다.

중살의 이야기가 나오자 분위기가 달라졌고 그러자 당예예가 사내들만의 시간을 위해 일부러 여인들을 이끌고 아래층으로 내려간 것이다.

어찌 되었든 당예예의 배려 아닌 배려로 이렇듯 유가장의 친우들만의 자리가 만들어진 것인데 여기서 다시 사내들끼리만 자리를 이동한다는 것은 동석했던 이들에게 예가 아니란 생각이었다.

"무린! 그건 아닌 듯하다. 어찌 되었든 동행들에게 먼저 허락을 구하는 것이 도리지 않겠느냐? 특히 강이나 공주마마의 입장을 생각해서라도."

연후가 그렇게 입을 열자 단목강이 눈빛으로 크게 고마움을 표했다.

자신이 공주를 마음에 두고 있다는 말을 연후 앞에서 꺼내기가 참으로 쉽지 않았다.

하나 그 말을 듣고도 연후는 웃었다.

마치 다 알고 있었다는 듯, 그저 공주는 자신과 인연이 아니었다고 말했을 뿐이었다.

다만 그 웃음 속에 한 줄기 씁쓸함이 감도는 것을 느낄 수 있는 터라 죄스러운 마음만은 한정 없이 커지는 기분이었다.

그렇다고 해도 연후는 이를 더 이상 내색치 않을 것이라 믿었다.

자신이 얼마나 미안해하고 또 얼마만큼이나 죄스러워하는지 연후라면 충분히 알고 있을 것이라 확신했기 때문이었다.

단목강과 연후의 이심전심이 그렇게 이어지는 사이 그동안 내내 침묵하던 사다인이 불만 가득한 음성을 내뱉었다.

"흥! 언제부터 계집들에게 허락을 구하고 말고 하는 놈이 되어 버렸냐?"

사다인의 눈초리가 제법 매섭게 연후를 향했다.

"사다인! 그런 것이 아니다."

"됐다. 지금 네 모습이 어떤 줄 아느냐? 꼭 처음 보았을 때의 그 샌님 같은 꼬락서니다."

무엇이 불만인지 사다인의 음성은 더욱 뒤틀렸다.

어떻게 해서라도 귀찮기만 한 은서린을 떼어내려는 마음이기에 여인들이 어쩌고 하는 연후에게 잔뜩 심사가 꼬인 것이다.

하나 연후라고 그런 말을 듣고 마냥 참는 사내는 절대 아니었다.

"사다인! 과하다. 경우와 예를 말함이다."

연후의 눈빛이 굳어졌지만 외려 사다인은 코웃음을 쳤다.

"흥! 이제 칼 좀 쓴다는 거냐? 스승님께 칭얼대기만 하던 샌님 녀석이 제법 컸구나."

연후의 날선 모습과 사다인의 냉랭한 대꾸가 그렇게 이어지는 사이 혁무린이나 단목강의 눈이 동그랗게 변하더니 이내 거의 동시에 도저히 참치 못하고 웃음을 터트려 버렸다.

"큭!"

그나마 간신히 웃음소리를 틀어막은 단목강과 달리 혁무린은 아예 박장대소를 했다.

"푸하하하하! 진짜 오랜만에 듣는다. 하긴 사다인 네 녀석이 아니면 누가 저 녀석에게 샌님 소릴 하겠냐? 크하하하하!"

무린의 웃음소리가 커지면 커질수록 연후의 얼굴이 묘

하게 틀어졌지만 그렇다고 그것마저 그저 싫은 내색은 아니었다.

과거의 그 시절에도 유독 사다인에게만은 그런 소릴 자주 들었기 때문이었다.

철부지의 투정.

집안 잘 만나 호가호식하면서 고마운 줄도 모르는 놈.

유가장의 주인은 네가 아니라 네 조부이자 자신의 스승님일 뿐이라고.

유가장 안에 네가 이룬 것이 무엇이기에 모두 네 것인 양 거들먹거리냐고.

그런 말들을 서슴없이 꺼내던 것이 과거의 사다인이었다.

물론 당시에는 발끈했던 적도 있었지만 돌이켜 보면 사다인의 말은 틀린 것이 거의 없었다.

남만의 이족 청년 사다인, 지금에 와서야 그와 흉허물 없는 사이가 된 것이 다 신기할 정도였지만 그때나 지금이나 그가 정말로 괜찮은 사내라는 것을 연후 역시 잘 알고 있었다.

또한 그가 지금 내뱉은 독설 속에서 묻어나는 지난 시절의 향기를 연후 역시 진득하게 느끼고 있으니 싫은 내색을 할 이유가 없는 것이었다.

예는 그저 예일 뿐이었다.

막역지우들 사이에 정해진 예가 어디 있겠는가 하는 것이 연후의 내심이었다.

흡사 시간을 과거로 돌린 듯한 기분에 취해 혁무린과 단목강이 기꺼워하는 것을 어찌 연후라고 느끼지 못하겠는가.

하니 그의 날카로운 음성에 무안할 일도 또 기분 나쁜 일도 전혀 없었다.

더군다나 신기할 정도로 달라진 것이 없는 사다인의 모습이나 여전한 무린의 너스레와 단목강의 과한 예의범절까지 모두 연후가 알던 그 시절 그 모습 그대로였으니 마치 시간을 거슬러 올라가 좋기만 했던 시절로 되돌아간 것 같은 기분이었다.

"강산과 시절은 흘러가도 변치 않는 것은 오직 벗뿐이로구나."

흥에 겨워 절로 흘러나오는 연후의 시구에 함께 자리한 친구들 모두가 고개를 절레절레 젓는 것 역시 과거와 다르지 않았다.

모두들 천생이 유생이며 또한 이러한 모습이 가장 연후답다 느끼고 있는 것이다.

순간 내내 히죽거리던 무린이 한마디를 거들었다.

"변치 않는 것이 또 있지. 바로 사다인 저 녀석."

무슨 소리인가 하며 모두가 고개를 갸웃거릴 때 무린이 히죽 웃었다.

"봐라. 그때나 지금이나 저 녀석 얼굴이 완전 똑같다. 솔직히 말해라. 너 진짜 몇 살이냐?"

와락 구겨지는 사다인의 얼굴에 단목강이 결국은 참다 참다 웃음을 터트려 버렸다.

"크흐흡! 혀, 형님…… 죄송합니다. 사다인 형님 하지만…… 진짜로 형님은 얼굴이 전혀…… 안 변하셨네요."

"강아! 오늘 저 군산도 안으로 가서 제대로 한 판 하자는 말이지?"

사다인이 나직하게 으르렁거렸지만 달아오른 분위기는 쉬 가라앉지 않아 연후의 얼굴에도 환한 웃음이 머물게 되었다.

"쳇! 뭐가 재밌다는 거냐. 한심한 녀석들!"

사다인이 그렇게 또 한 번 투덜거렸지만 무뚝뚝한 그 얼굴에도 희미한 미소가 서려 있다는 것을 모두가 충분히 알아챌 수 있었다.

때마침 아래층으로 난 계단을 통해 사뿐한 발걸음으로 올라온 여인이 없었다면 그들의 웃음소린 한동안 계속되었을 것이다.

"사내 분들을 위해 자리까지 비켜 드렸더니 무슨 재미난 이야기들을 그리 오래 나누시는 건가요?"

밝은 음성으로 다가오는 당예예를 보며 무린이 반갑게 나섰다.

"여! 제수씨!"

무린의 말에 화들짝 당황한 연후의 음성이 이어졌다.

"이 녀석 무린, 대체 그게……!"

연후에겐 참 다행히도 당예예가 먼저 나서 주었다.

"유 공자께서 그렇게 당황하시니까 혁 공자가 계속 놀리시는 겁니다. 그저 농은 농으로 흘려버리면 그뿐이지요. 안 그런가요? 단목연화 소저의 낭군이 되실 혁무린 공자님?"

사내들이 있는 쪽으로 걸어오며 또박또박 자신의 이름을 부르는 당예예 때문에 무린이 끙 하는 소릴 내뱉었다.

"휴, 진짜 만만찮네. 강적이야, 강적! 어디서 저런 여잘 구했는지 네 녀석 재주도 참 용타."

무린이 절레절레 고개를 저었지만 연후는 히죽 웃었다.

"연화 소저와 너도 잘 어울리는 것 같아 보이는구나."

예상치 못한 연후의 반격에 혁무린이 다시 한 번 끙 하는 소릴 내뱉었다.

그 모습이 즐거워 다시 한 번 모두가 크게 웃었다.

그 무렵 이미 붉었던 석양은 서편 하늘 너머로 완전히 사라졌지만 악양루 주변만은 점점 더 환해지고 있었다.

어디서 나타났는지 모를 이들이 우르르 몰려와 여기저기 유등들을 내거는 통에 잠시간의 소란스러움이 이어진 것이다.

하나 누구 하나 그것을 이상타 여기지 않았다.

자운 공주의 행차를 알게 된 악양성의 성주가 낮부터 부지런히 이쪽으로 들락거리며 술상을 차리고 나졸들을 보내 호위까지 세운 일을 알기에 갑작스레 시작된 주변의 소란스러움이 낯설 이유가 없는 것이다.

그렇게 환하게 밝혀진 악양루 주변으로 완연한 밤이 찾아들었지만 다시 모인 친구들의 시간들은 끊이지 않고 계속되었다.

第四章

격동(激動)

북경에서 남으로 내려가다 보면 천진(天津)과 안평(安平)으로 향하는 갈림길이 나오는데 그 일대가 바로 패주현이라 이름 붙은 곳이다.

　그만큼 중요한 요충지인 터라 패주는 한때 하북의 심장이라 불렸을 정도로 성쇠를 누렸던 곳이다.

　한데 몇 가지 이유로 점차 낙후되어 가다니 근자에는 과거의 영화가 무색할 정도로 볼품없는 땅으로 전락해 버렸다.

　그중 한 가지가 명의 수도가 남경에서 북경으로 천도된 일이었는데, 그 후 수십 년의 공사 끝에 새로 뚫린 관도가 각기 천진과 안평으로 직접 연결되어 버린 것이다.

그렇게 되고 나니 물류나 상인들이 굳이 패주를 거쳐 가야 하는 옛길을 사용치 않게 된 것이다.

하나 단지 그 이유만으로 패주가 지금의 벽촌처럼 변해 버린 것은 아니었다.

아니, 불과 삼십여 년 전까지만 해도 패주는 하북성 내에서도 꽤나 살기 좋은 곳으로 유명했다.

과거처럼 물산의 중심으로서가 아니라 평범한 백성들이 도적들 걱정 없이 마음 편히 농사를 지으며 살기에 더없이 적합한 곳이라는 이야기가 널리 퍼져 있던 곳이 바로 패주라는 땅이었다.

하나 그렇게 이어져 온 패주 땅의 평온과 안락함은 한 가문에 불어 닥친 겁화와 함께 완전히 사라지게 되었다.

하북팽가의 멸문.

수백 년 동안 도문(刀門)의 조종으로서의 자부심과 명성을 내려놓았던 적이 없는 명가 중의 명가가 바로 하북팽가였으니 하루아침에 벌어진 팽가의 멸문은 당시에도 어마어마한 파장을 불러일으킬 수밖에 없는 일이었다.

그 일로 인해 그동안 쉬쉬하며 이어져 오던 중살이란 이들의 존재가 만천하에 드러나게 되었으며 당대 최고의 고수라는 도불쌍성마저 몸을 움직였을 정도였다.

하나 이미 화를 당한 팽가는 몰락의 수순을 밟게 되었으며 중심의 축이 사라진 패주 땅은 점차 척박한 곳으로 변해 갈 수밖에 없었다.

그도 그럴 수밖에 없는 것이 패주 일대의 땅 대부분이 팽가 소유였으니 팽가가 사라진 순간 득달같이 달려든 외부인들과 욕심 많은 관리들이 결탁해 엄청난 소작료를 물려대기 시작한 터라 사람들이 버텨 낼 재간이 없었던 것이다.

주인이 주인 행세를 하지 않고 사라졌으니 그 권리가 관에 귀속된다고 하는 현청의 포고까지 더해졌다. 사정이 그렇다고 해서 그저 농사나 지으며 살아오던 이들이 뭐라고 항변을 해 보겠는가.

본래 팽가에 내던 소작료가 몇 배나 뛰었어도 그저 굶어 죽지 않으려면 시키는 대로 할 수밖에 없다는 것을 받아들이게 된 것이다.

패주 전체가 궁핍함을 벗어나지 못하는 시절을 보내게 된 것은 그러한 일의 반복된 것이 원인이니 이 또한 모두 팽가의 몰락으로부터 시작된 것이라 해도 과언이 아닌 것이다.

게다가 그 후로도 몇 년 단위로 새로 바뀌는 현령은

더더욱 탐심 어린 이들만 부임해 오니 결국 소작하던 땅을 버리고 화전민이 되는 길을 택하거나, 산적이라도 되겠다고 패주를 떠나는 이들이 속출하기 시작했고 지금에 와서야 패주는 산간벽촌이나 다름없는 곳으로 전락해 버렸다.

그나마 아직까지 현청이 존재하고 할 일 없는 관리가 녹봉을 받고는 있다지만 그마저도 폐쇄 직전인지라 인근의 웅현으로 귀속되기 직전인 것이 패주의 상황이었다.

한데 그 패주를 중심으로 얼마 전부터 묘한 소문이 돌기 시작한 것이다.

팽가의 사람들이 다시 돌아왔다는 이야기.

그리고 그들이 다시금 팽가를 재건하여 지난날 불합리하게 빼앗긴 땅을 되찾고 관부로부터 그간 탐관오리들에게 착취당한 변상까지 받아냈다고 하는 믿지 못할 이야기가 널리 퍼져 가고 있는 것이다.

거기다 되돌아오는 패주 사람들에게 무상으로 땅을 나눠 주고 향후 삼 년간은 소작료 또한 일절 받지 않겠다고 하니 본래 패주 출신 사람들 뿐 아니라도 수많은 이들이 너 나 없이 패주로 몰려들기 시작한 것이다.

그리고 모여든 이들은 소문이 거짓이 아니란 것을 두

눈으로 확인할 수 있었다.

팽가가 그곳에 있었던 것이다.

대부분 소실되었던 팽가의 전각들은 과거 이상의 위용을 회복한 모습이었고 하나같이 호목장한의 모습으로 사람들을 맞이하는 팽가 무인들의 모습에 다시 고향을 찾은 이들은 열광할 수밖에 없었다.

거기다 소문처럼 팽가는 그들이 내건 약속을 지켰고 패주는 다시 희망이란 이름으로 가득한 땅으로 변해 가기 시작했다.

이러한 일들이 다시금 사람들의 입을 통해 하북성 전체로, 또 그 너머 중원 곳곳으로 퍼져 나가는 것은 삽시간이었다.

특히나 강호 무림인들에게 팽가의 소식은 또 다른 이야깃거리가 될 수밖에 없었다.

하북팽가 하면 언제나 무림세가라 불리는 이들과 한 몸처럼 움직이던 곳이었다.

한데 팽가의 멸문지화 이후 당시 세가 연합은 그 일을 철저히 외면해 버렸으니 다시 등장한 하북팽가가 요 근자와해 직전의 위기에 처한 세가 연합에 어떤 영향을 미칠 것인가가 더욱 궁금해지는 탓이었다.

물론 그전에 팽가 스스로 먼저 과거의 힘을 회복했다

는 것을 똑똑히 보여 줄 필요가 있었다.

무림세가의 재건이란 결국 무용(武勇)으로 말할 수밖에 없는 것이기에 패주 사람들의 희망찬 분위기와 달리 팽가 주변으론 끊임없는 소란이 이어지는 것이다.

특히나 지금 팽가의 집무전 앞에서 펼쳐지는 일련의 사태들은 과거에 지녔던 팽가의 영향력을 회복하는데 지대한 영향을 미칠 수 있는 일들이었다.

각기 다른 복색을 한 무인들의 수가 수백이 넘게 운집하여 널따란 연무장 전체가 비좁을 정도로 느껴지는 가운데 그 중심에선 두 사내의 살벌한 비무가 이어지고 있었다.

손가락 마디 사이에 비도를 낀 채 놀라운 신법으로 움직이는 중년 사내와 이를 마주한 채 허둥거리며 비세를 보이고 있는 초로인의 싸움은 누가 봐도 승부의 추가 기운 상태였다.

이윽고 사내의 비도가 한꺼번에 허공을 날아 초로인의 옷깃을 일제히 찢어발기자 여기저기서 탄성이 터져 나왔다.

"추영십육비!"

"하면 탈혼객 중표가 아닌가?"

"은자방의 탈혼객이 어째서 팽가에?"

술렁거리기 시작하는 좌중의 분위기와 달리 흉한 몰골이 된 초로인은 힘없이 들고 있는 도를 늘어뜨렸다.

그러면서도 그 입에서는 원독 어린 목소리가 흘러나왔다.

"이걸로 끝은 아니다. 과거 우리 가문이 따랐던 것은 도문의 조종인 팽가지 비도문의 잔당 따위가 아니니라."

초로의 도객이 그리 말하자 좌중의 분위기 역시 초로인의 태도에 힘을 실어 주었다.

여차하면 모두가 달려들 것만 같은 태세.

"그렇소. 우리 대호방 역시 천진도문과 뜻을 같이할 것이오. 오호단문도가 없는 팽가를 어찌 우리가 따른단 말이오?"

"맞다. 더구나 은자방 따위에 몸을 담았던 그대를 어찌 믿고!"

분위기가 그렇게 흉흉하게 흘러가기 시작하자 탈혼객이란 사내 뒤편으로 풍채가 좋은 중년 사내가 뚜벅뚜벅 걸어 나왔다.

그는 허리춤에 풍채와 잘 어울릴 법한 거도 한 자루를 패용하고 있었는데 그가 풍기는 위압감에 좌중의 소란이 삽시간에 잦아들었다.

일견하기에도 전해져 내려오는 팽가 무인의 특성을 그대로 닮아 있는 사내를 보니 누구 하나 감히 경거망동을 하지 못하는 것이다.

사실 이 자리에 있는 이들 대부분은 가까운 웅현에서부터 멀게는 천진에서 온 무인들로 과거 팽가의 영향력 아래 있던 중소 문파들이었다.

대부분 방계이거나 가신을 자처했던 문파에 소속된 이들로 갑작스레 날아든 팽가의 배첩에 발끈하여 이 자리를 찾은 것이다.

든든한 배경이 되어 주었던 팽가의 갑작스런 멸문으로 인해 제각기 살길을 도모하기에도 바쁘기만 한 시절을 지냈던 이들이기에 팽가를 사칭하는 무리들을 응징코자 전력을 동원해 모인 것이다.

팽가의 생존자가 아무도 없다는 이야기가 도불쌍성에 의해 흘러나온 것이 벌써 이십년 전, 그런 상황에 느닷없는 팽가의 배첩에 이들이 분노한 것 또한 당연했다.

한데 눈앞에 나선 이의 모습이 과거를 기억하는 이들 눈에 낯설지 않게 느껴지니 사태의 추이를 조심스레 지켜보는 분위기가 되어 갔다.

그렇게 좌중의 혼란을 잠재우며 나선 장한의 중년인이

탈혼객의 비도에 낭패한 모습을 보이고 있는 초로인을 향해 나직하게 물었다.

"여상! 나를 모르시겠는가?"

초로인, 천진도문의 문주인 이여상이 가만히 중년인의 얼굴을 바라보더니 얼굴 전체가 파르르 떨렸다.

"혹시…… 소가주님?"

"하하하! 기억하는구먼. 어렸을 적 우리 자주 놀았지? 어르신들 몰래 주루에서 밤을 세운 것이 얼마였던가. 아니 그런가?"

"분명…… 돌아가셨다고……."

"나 하나를 살리자고 많은 분들이 희생하셨지. 그래서 오늘날 이 자리에 다시 설 수 있었고……."

"정녕, 정녕 살아 계셨습니다. 한데 어찌 소식 한 번 없이……. 소가주님! 크흐흑……."

힘겹게 서 있던 초로인이 무릎을 꿇으며 오열하자 좌중의 분위기가 일변했다.

그나마 남은 방계 문파들이 지금처럼 버틸 수 있었던 것도 모두 천진도문의 문주 이여상 덕임을 알기 때문이었다.

비록 수많은 외압들 때문에 이빨 빠진 호랑이 꼴이 되었다지만 팽가를 위한 불같은 충성심만은 여전한 이가 바로 이여상이었다.

하니 당연히 팽가를 사칭한 무리들을 향해 다짜고짜 도를 빼 들었던 것이고.

그런 이여상이 팽가의 소가주라 언급하며 무릎을 꿇었다는 것은 이미 그들의 신분에 대한 진위를 의심할 필요가 없다는 말이었다.

그렇다고 해도 좌중이 모두 이여상과 같은 마음일 수는 없었다.

아니, 어찌해야 할지 쉬 판단을 내릴 수 있는 이가 거의 없었다.

팽가의 후예가 살아 있음은 분명 다행스러운 일이었으나 그가 과연 과거처럼 자신들의 버팀목이 되어 줄 수 있는지를 확인한 것은 아니기 때문이었다.

단순히 과거의 충성심만을 바라기엔 이십 년 세월은 너무나 긴 시간인 것이다.

그런 분위기를 읽은 중년 사내가 허리춤의 칼을 빼 들었다.

"나 팽연백이오. 하북 팽가의 당대 가주이며 오호단문도의 계승자임을 나의 일도로 증명하겠소."

후아아앙!

장대한 체구만큼이나 거대한 기파가 전신에서 피어올

라 뽑아 든 도신을 타고 뻗어 오르니 좌중의 인물 중 전율하지 않은 이가 없었다.

그것이 절정에 이른 무인이 뿜어내는 도기라는 사실보다 팽가의 절기가 유실되지 않았다는 사실이 그들을 더욱 기쁘게 했다.

이제 다시 과거의 그때처럼 자신들의 혈육이나 제자들을 팽가에 파견할 수 있을 것이란 기대감, 그리고 그들 중 누군가는 선택되어져 팽가의 진산절기를 얻게 될 것이란 생각을 하니 그간의 설움이 모두 날아가 버린 듯한 기분이었다.

기쁨에 겨워 눈물 흘리는 이들부터 환호성을 참지 못하는 이들까지 모두가 팽가의 재건을 확신하는 순간이었다.

한데 그런 환호의 순간은 길지 않았다.

때마침 누구도 예상치 못했던 방문객이 등장한 것이다.

"하하하하하! 이 친구! 살아 있었으면 연락이라도 하지 그랬나. 내 자네 소식에 만사 제쳐 놓고 한달음에 달려왔네."

팽가의 정문을 넘어 들어오는 일단의 무리들, 그리고 그 선두에 학우선을 가볍게 부치며 입가에 미소를 짓고 있는 중년인의 모습에 좌중은 경악했다.

"일군(一君)!"

어디선가 흘러나온 나직한 침음성에 다시 한 번 분위기가 싸늘하게 변해 갔으나 학우선을 든 사내나 그를 따르는 일단의 무리는 보무도 당당하게 좌중이 비켜서는 길을 따라 팽연백 앞으로 나아갔다.

마치 물살이 갈라지는 듯한 모습, 그도 그럴 것이 그렇게 나타난 이가 천중십좌 중 일군이라 불리는 오수련의 수장 제갈공후였기 때문이었다.

오수련이 아무리 벽마에 의해 심대한 타격을 입었다고 해도 여전히 강남 무림은 그들의 세상이었다.

더구나 일군은 십대고수에 당당히 이름을 올리고 있는 제갈세가의 가주, 그가 아직 재건의 초석조차 제대로 놓지 못한 팽가에 찾아온 일은 절대로 반겨 할 수가 없는 일인 것이다.

더더구나 지난 세월 동안 방계의 문파들이 수없이 도움을 청해도 코웃음만 쳤던 세가 연합의 느닷없는 방문이니 여러모로 긴장하지 않을 수가 없는 상황인 것이다.

아니나 다를까 제갈공후를 따르는 이들의 분위기가 너무나 흉흉해 대전 앞의 분위기는 더욱 서늘해져 가고 있었다.

하나 정작 팽연백은 제갈공후를 보며 담담한 미소를 지었다.

"이게 누군가? 눈앞에 있는 것이 정녕 뇌제갈 그 친구가 맞는가? 그 엉덩이 무거운 친구가 여기까지 왔으니 내 오늘 크게 한 턱 내지 않으면 안 될 것 같구먼."

마치 죽마지우라도 만난 듯 허물없이 흘러나오는 팽연백의 음성에 제갈공후의 눈썹이 잔뜩 일그러졌다.

팽연백의 당당함이 마음에 들지 않는 탓이다.

사실 둘의 인연이라고 해 봐야 어린 시절 가문의 어른들을 따라 몇 번 마주했던 것이 전부였고 알려진 팽가의 특성과는 달리 머리 쓰는 것을 즐겨하는 팽연백의 성정을 알게 된 후로 두 사람 사이에 별다른 교우조차 없었던 것이다.

그럼에도 제갈공후가 이곳에 온 것은 사실 전혀 다른 이유 때문이었다.

벽마를 잡아 줄 가장 든든한 무력으로 믿었던 당영령의 갑작스런 실종 때문에 발등에 불이 떨어진 기분이었다.

당영령은 본래 제갈세가 출신으로 당가로 시집가며 그 성을 버려 버린 여인이었다.

제갈공후에겐 사사로이 고모가 되는 여인이며 그가

아는 벽마에 대항할 수 있는 유일한 힘을 지닌 존재였다.

그녀가 전설 속에나 등장하는 독령지체를 이루었다는 것을 직접 목격한 제갈공후이니 그녀의 존재는 오수련의 존망과 직결될 정도의 비중이 있는 것이다.

그런 당영령의 실종을 조사하기 위해 그나마 움직일 수 있는 오수련의 정예들을 이끌고 부랴부랴 호북으로 온 것이었다.

하나 그녀가 사라졌다는 대별산을 아무리 뒤져도 흔적을 찾을 수가 없었고 그러던 차에 팽가의 재건 소식을 듣게 되었다.

궁하면 통한다고 가뜩이나 강북 쪽에 연이 없던 제갈공후로선 너무나 반겨 하지 않을 수 없는 소식이었다.

소식을 듣게 된 제갈공후는 주저하지 않고 팽가를 찾았다.

그 목적 또한 당연히 팽가의 재건 따위엔 관심을 두지 않았다. 그나마 명목상 협조를 구하려 하는 것이지만 실제론 하북과 호북 여기저기를 수색해 볼 요량으로 사람을 얻어 부릴 생각으로 이곳에 온 것이다.

감히 오수련의 수장인 자신의 청을 이제 막 재건을 꿈

꾸는 팽가가 어찌 거절할 수 있을까 하는 생각으로 온 것인데 뜻밖에 팽연백의 당당한 태도가 제갈공후의 심기를 자극했다.

평소의 제갈공후라면 이 또한 능수능란하게 대처했을 테지만 지금 그는 사면초가나 다름없는 급박한 상황에 처해 분별력이 현저히 떨어진 상태였다.

애써 끌어들인 구대문파가 벽마를 놓친 일이나, 당영령의 갑작스런 실종, 거기에 설상가상으로 단목세가의 복권 소식까지 한꺼번에 들려온 터라 그야말로 좌불안석일 수밖에 없었다.

어떻게든 벽마를 주살하고 와해 직전의 오수련을 다시 일으켜야 하는 그의 입장에서 그 일들 하나하나가 너무나도 커다란 불안 요소였다.

그 일을 위해서 당장 필요한 것은 무력의 회복이며 그로 인한 세가 연합의 탄탄한 재구축이었다.

그렇기 위해선 당영령의 존재가 더없이 필요하니 앞뒤 가릴 경황이 없었다.

더더구나 겨우 도기 정도를 뿌리는 팽연백 따위가 두려울 이유도 전혀 없었고…….

"하하하하! 하여간 반갑네. 술자리는 나중에 하고 자네들이 나를 좀 도와줘야겠네. 어차피 여기 계신 분들 모두 따지고 보면 한 식구가 아니던가."

내심을 지운 제갈공후는 부드러운 음성으로 입을 열었지만 좌중의 분위기는 더욱 싸늘해질 수밖에 없었다.

근자 오수련이 처한 상황이 어떤지 잘 아는 것도 있지만, 예고도 없는 방문도 모자라 다짜고짜 자신을 도우라는 말은 명백히 이 자리의 사람들을 눈 아래로 보고 있음을 뜻하는 것이었다.

그렇다고 해도 상대는 천중십좌 중 일군이라 불리는 절대의 고수, 더구나 그 뒤를 따르는 오수련의 인물들 누구 하나 팽연백보다 못해 보이는 이들이 없으니 그의 말을 어길 시 흉한 꼴을 볼 것이 틀림없는 분위기가 되어가는 것이었다.

한데 팽연백의 태도는 모두의 예상을 뒤엎는 것이었다.

"허허! 이 친구가. 요새 궁하다고 하더니 머리가 어찌 된 것 아닌가? 개파식이나 다름없는 행사 중 찾아와 사람을 내놓으라니. 내가 그 말을 넙죽 따르리라 여기는 것인가?"

팽연백의 도발에 제갈공후뿐 아니라 그를 보필하는 이들이 꿈틀하며 짙은 살기를 뿌리기 시작했다.

당장에라도 도검이 난무할 것 같은 살벌한 분위기, 하나 명분만은 분명 팽연백이 앞서기에 제갈공후도 그저 노려보는 것으로 자신의 분노를 표할 뿐이었다.

솔직히 적당히 체면을 세워 줄 마음도 없지 않았지만 그런 저런 것을 따지기엔 제갈공후가 처한 상황이 너무나 다급한 탓이 그런 태도를 보이게 한 것이다.

하나 팽연백은 낯빛 하나 변하지 않고 오히려 혀를 찼다.

"쯧쯧, 잊었나 보구먼. 머리 쓰는 일은 자네보다 내가 반 발은 앞섰던 것을……. 이 팽연백이 아무런 준비도 없이 본가의 재건을 알렸을 것 같은가? 칼로 해결하자면 내 쪽에서 오히려 반길 일일세."

너무나도 자신감 넘치는 팽연백의 말에 제갈공후가 참지 못하고 노성을 내지르려 했다.

하나 그 순간 제갈공후는 도저히 입을 열 수가 없는 상황에 놓여 버렸다.

그것은 이제껏 분노하고 있던 그의 호위들 또한 마찬가지였다.

갑작스레 전신을 휘감기 시작한 어마어마한 살기.

도저히 항거할 수 없을 것 같은 그 지독한 살기에 온몸이 주체할 수 없이 떨리기 시작한 것이다.

쩌벅 쩌벅 쩌벅!

때마침 투박한 발걸음 소리가 이어지며 그 걸음이 다

가오면 다가올수록 살기는 더더욱 흉포해져만 갔다.

종내에는 떨리는 전신을 주체하지 못해 서 있는 것조차 힘겨워지는 이들이 속출했으며, 모든 내공을 끌어올려 대항해 봐도 머릿속엔 오직 두려움이란 감정만이 남게 되었다.

그렇게 나타난 사내.

제갈공후와 그 호위들은 감히 그의 얼굴을 쳐다볼 수조차 없었다.

그와 눈이 마주치는 순간 자신의 목이 떨어져 나갈 것이란 생각을 도저히 떨쳐 낼 수가 없는 것이다.

그렇게 살기 하나로 절정의 무인들 모두를 압박하여 꼼짝도 할 수 없게 만든 사내가 나타났을 때 팽연백의 나직한 웃음소리가 이어졌다.

"하하하하. 일원아! 그만하거라. 본가의 칼이 손님으로 찾아온 이들을 겁박해서야 되겠느냐?"

그렇다고 해도 등에 거대한 대도를 멘 삼십 줄의 사내에게서 뿜어지는 살기는 전혀 줄어들지 않았다.

오직 무형의 살기 하나만으로 천중십좌의 일인이라는 제갈공후를 부들부들 떨게 만들고 있는 사내의 눈빛은 너무나 무심해 그 주변을 둘러싼 이들은 대체 무슨 일이 벌어지고 있는지조차 알지 못했다.

하나 만약통이라 불리는 제갈공후이니 그것이 어떤 무공인지 깨닫는 것은 그리 어려운 일이 아니었다.

하나 안다고 해서 벗어날 수 있는 것도 아니었다.

그저 더한 두려움만 덧씌웠을 뿐.

"호, 혼원신공……."

치 떨리는 가운데 흘러나오는 제갈공후의 음성으로 환우오천존 중 도제의 혼원신공이 강호에 재림함을 알리게 되었다.

아울러 팽가의 이름 역시 바람을 타고 중원 전역으로 퍼져 나가기 시작했다.

*   *   *

공부(孔府)는 공자의 후예를 자처하는 이들이 모인 곳으로 유림을 대표하는 집단이라 할 수 있는 곳이다.

한데 요 근자 공부에 드나드는 유생들의 모습은 찾을 수가 없었다.

갑작스런 태공공의 죽음으로 인해 너 나 할 것 없이 출사를 준비하기 위해 떠나 버렸기 때문이다.

더구나 공부에서 자신들에게 큰 가르침을 내리던 명천대인의 모습 또한 몇 달째 보이지 않으니 유생들 모두가 서둘러 공부를 떠나 버린 것이다.

그렇다고 해도 그들은 명천대인의 가르침을 모두 가슴 깊이 새긴 후였다.

황제에 충성하는 관리가 아니라 나라에 충성하는 관리가 되라는 가르침.

그리고 그 나라의 근본은 이 땅에 사는 모든 백성들이라는 그의 가르침은 이전 시대까지 전해 내려오는 유학의 근간을 모조리 뒤엎는 것이었지만, 그에게 직접 가르침을 얻은 이들은 온전히 그의 말을 따르기 위해 남은 삶을 살기로 마음먹은 후였다.

일신의 영달을 위한 출사가 아니라 진정 백성들을 귀히 여기고 돌볼 줄 아는 관리가 되고자 하는 마음들, 그 마음들이 모이면 그야말로 태평성대가 올 것이라는 희망을 안고 중원 각처로 흩어져 나갔다.

그렇게 텅 비어 버린 공부의 후원 한편 기슭에 허름한 모옥 몇 채가 덩그러니 자리하고 있었다.

그리고 그 모옥 앞에 마주하고 있는 두 명의 중년 사내는 평소 공부를 드나드는 학사들의 모습과는 전혀 다른 분위기를 풍기고 있었다.

청수한 인상의 중년인은 언뜻 보면 관운장과도 같은 기세를 풍기고 있었고 그와 마주한 장한의 사내는 한 팔이 어깨부터 완전히 잘려 있는 모습으로 거대한 도 한 자루를 패용하고 있었다.

한눈에도 강호의 무인으로 보이는 이들, 그들의 대화가 나직하게 이어졌다.

"소식은 들었네. 하면 나가려는가?"

"일단은 가 봐야 하지 않겠는가? 비록 내력을 온전히 회복한 것은 아니지만 아들 녀석에게 마냥 모든 일을 맡길 수는 없는 노릇이네. 자네와 달리 난 딸린 식구들이 많지 않은가."

"괜찮겠는가? 혹 그놈들을 만나기라도 한다면……."

"그래 주면 차라리 고맙겠네. 어디로 숨어 버렸는지, 일이 이렇게 흘러가는데도 모습을 드러내지 않을 걸 보면 그들과 태공공이 온전히 한 편은 아니었던 듯 하이."

"자네 뜻이 그렇다면 붙잡지 않겠네. 부디 단목세가의 앞날에 무운이 깃들길 빌겠네."

"하하하하! 내 할 일이 무엇이겠나. 그저 아들 녀석이 온전히 무공을 완성하길 기원할 수밖에. 결국 자네나 나나 장강의 앞 불결 신세로구먼. 연후라는 그 아이가 그 태공공을 벨 줄이야……."

청수한 인상의 사내 단목중경의 말에 마주한 외팔 사

내 금도산는 묵묵히 고개를 끄덕였다.

"녀석이 결국 염왕진결뿐 아니라 검한 그녀의 무공을 수습한 것일 테지……. 그래도 첫 검을 든 지 고작 오 년 만이라니, 아무리 피가 다르다 해도 정말 믿을 수가 없네."

"확실히 북궁세가와 자네의 의제라는 그 친구의 핏줄이라는 것으로밖에 이해되지 않는다네. 돌아가면 아들 녀석을 더욱 분발시켜야겠어. 한데 자네는 어쩔 생각인가?"

"나야 할 일이 무엇이 있겠는가? 내 부친을 죽이고 이 팔을 자른 화산파에 대한 복수와 그 봉공이란 놈들을 찾는 거야말로 살아가는 이유이니……."

"도산! 자네의 앞날에도 무운을 비네."

"중경! 다시 보는 날까지 보중하시게."

"그럼!"

서로를 마주보며 각기 검과 도로 포권을 취하는 두 사내가 다시 만나는 시간은 그들의 생각보다 그리 길지 않았다.

세가를 찾아가는 단목중경의 귀에도 공부에 머물며 강호의 정세에 집중하던 금도산의 귀에도 한 가지 믿지 못할 이야기가 전해졌기 때문이다.

중추절 천목산에서 벌어지는 무림대회에 내걸린 부상이 강호에 나선 이들이라면 누구 하나 빠짐없이 모여들 수밖에 없게 만드는 물건이었기 때문이다.

강호에 적을 둔 이라면 누구 하나 외면할 수가 없도록 만드는 어마어마한 부상, 그것은 종일품의 관직과 더불어 무림왕에게 제수된 이에게 내려진다는 강호인들에 대한 처결권도 아니었고, 황성에 비견될 정도로 웅장하다는 무림왕부도 아니었다.

물론 그것들이 거부하기 힘들 정도로 치명적인 유혹임은 분명했으나 수백 년을 이어 온 명문 거파들을 일제히 움직이게 할 수 있을 정도는 아니었다.

그 정도가 전부였다면 차라리 모두가 외면하는 것으로 일치단결하여 조정의 말도 안 되는 행사에 일침을 가하려 했을 것이다.

하나 도저히 그럴 수가 없게 되어 버렸다.

그 무거운 명문 거파 모두가 도저히 움직이지 않을 수 없게 만들어 버린 부상.

이제껏 쉬쉬하며 그저 소문으로만 떠돌았던 황궁비고의 무공 비급들, 그것들이 통째로 무림왕으로 봉작되는 이에게 내려질 것이라는 포고문은 강호 무림 전체를 요동

치게 만들 수밖에 없는 것이었다.

정확한 사연을 모르는 이들이라면 고작 황궁의 무공 따위가 뭐가 그리 대단하다고 그러느냐 하며 코웃음을 칠 수도 있겠으나 그 내막을 아는 이들에겐 놀라 눈이 뒤집어져도 이상할 것이 없는 일인 것이다.

흑천겁란이 일어났던 원나라 시절.

강호의 세가나 문파들은 단지(斷指)의 인(印)이라는 치욕스런 연판장에 피로 수결을 하며 원이 내세운 흑천회에 자파의 모든 무공 비급을 바쳐야만 했다.

이를 거부한 이들은 예외 없는 멸문을 맞았다.

구파일방의 개방이 그러했고, 단목세가 이전 최대의 성세를 자랑하던 표사회의 수만 명의 협표들이 그 화를 피하지 못했다.

그나마 망공독황의 후예를 차청하던 운남의 천독문만이 오래도록 항전했으나 그들 역시 종내에는 풀뿌리 하나 남지 못하고 멸문해 버렸다.

그 시절 문파 수장들 스스로 약지를 잘라 그 피로 굴종의 서약을 맺은 것이 바로 단지의 인.

그로부터 수십 년 세월, 검제가 나타나 흑천회를 몰살시키기 전까지 암흑과도 같은 참담한 강호의 역사가 이어졌던 것이다.

하나 흑천회가 사라진 후 그 어디에서도 그때 앞 다투어 내다 바친 무공 비급과 단지의 인이 수결된 연판장은 발견되지 않았다.

그로부터 다시 수십 년 후, 검제가 죽은 것이 알려지자마자 기다렸다는 듯 강호의 모든 무인들이 합종해 북궁세가를 무너뜨린 것은 바로 그때 사라진 비급들과 연판장을 찾기 위해서였다.

북궁혈사라 불리는 참으로 돌이켜 생각하기에도 부끄러운 그 참담한 역사 이면에는 그러한 사연이 숨겨져 있는 것이다.

하나 우습게도 그러한 사건을 벌인 강호인들은 그들이 찾고자 했던 것을 찾을 수가 없었다. 비급이나 연판장 그 어떤 것도 북궁세가에는 존재치 않았던 것이다.

그 비급이 다시 드러난 것은 원의 몰락과 함께 명을 건국한 주원장에게서였다.

그는 단지의 인이 수결된 연판장을 불사르는 것으로 그때까지 잔존한 무림 문파들을 수족처럼 부릴 수 있었다. 하지만 그에게서 비급들을 되찾는 일은 불가능했다.

단지 누구도 볼 수 없도록 비고 깊숙한 곳에 깊이 간직하겠다는 황조의 말을 믿을 수밖에 달리 선택의 길이 없었던 것이다.

역시나 그들의 우려대로 영락제가 반정을 꾀할 때 다시 그 비급을 미끼로 강호인들의 힘을 쓰려 했고 그대로 끌려 다니다간 영원히 황궁의 개로 살아갈 수밖에 없다는 판단을 내린 강호의 명숙들이 영락제의 목을 취하고자 하는 시도까지 벌이게 되었다.

물론 그 시도야 수만에 달하는 금군의 호위 아래 실패로 돌아갈 수밖에 없었으나 그 과정을 겪고 나서야 소문으로만 듣던 강호의 절정 고수들의 위력을 여실히 깨닫게 되었다.

그 일로 인해 축성 중이던 자금성의 구조를 변경할 정도였다.

그 어떤 살수의 침입도 불허하도록 만들어진 자금성을 두고도 맘이 놓이지 않은 영락제는 결국 강호의 이름난 문파와 고수들 대분을 불러들인 후 그들 앞에서 직접 비급들을 불사르기도 했다.

물론 그것을 곧이곧대로 믿는 이들은 거의 없었다.

불태워지는 것이 진본인지 필사본인지 확인할 시간조차 주지 않고 벌어진 그 일을 온전히 믿을 정도로 순진한 이들이 어디 있겠는가?

더구나 패황이라고까지 하는 영락제의 기질을 잘 아는

강호인들이 그가 다른 속내를 숨기고 있음을 짐작하지 못할 리가 없었다.

한데도 어찌 된 일인지 그 후로 영락제는 자신의 약속을 철저하게 지켰다. 심지어 위태로운 남만 원정이나 북벌 때도 강호인들에게 손을 내미는 경우가 전혀 없었던 것이다.

그렇게 전장을 누비던 영락제가 친정에 나섰다가 급사한 후로 더 이상 그때의 비급에 관한 이야기가 황궁으로부터 흘러나오는 일은 없어졌다.

그러다가 요 근자에 은밀히 떠도는 이야기가 하나 있었는데 그것이 바로 내밀원이란 조직에 관한 비밀스런 소문이었다.

그들이 명문 거파의 무공을 장로급에 이르도록 익혔다는 믿지 못할 소문, 하나 그것은 그저 소문일 뿐이었으며 직접 목도한 이가 없는 일이니 어찌 대처할 길이 없었던 것이다.

더구나 그 내밀원이 황제보다도 막강하다는 태공공의 직속 수하 기관이라는 말까지 더해진 상황에 누가 감히 그 진의를 따지려 들 수 있었겠는가.

한데 지금 태공공이 죽자마자 기다렸다는 듯 그 비급들에 대한 이야기가 다시 터져 나온 것이다.

그 수조차 다 헤아릴 수 없다고 전해져 내려오는 막대한 양의 비급들이 무림왕을 차지하는 이에게 내려진다는 말은 너 나 할 것 없이 모든 무림인들을 들썩이게 만들 일인 것이다.

자칫 잘못하면 사문의 진산 절기가 저잣거리의 삼류 무공처럼 뿌려질 수도 있는 일이다.

그런 상황에 놓인다면 자칫 무당의 태극혜검이, 화산의 자하신공이, 소림의 칠십이종절예가 삼재검법처럼 격하될 수도 있는 일인 것이다.

이는 구파나 오대세가 모두에게 예외가 있을 수 없는 일이었다.

아니, 오히려 세월이 흘러 절기들을 유실한 채 군소방파로 전락한 이들에게 그 비급들의 등장은 더더욱 간절한 염원일 수밖에 없었다.

그들의 실력으로 결코 무림왕이 될 수 없다는 것을 안다 해도 사문의 절전된 무공을 찾기 위한 몸부림은 쳐 봐야 하는 것이 그들의 입장이었다.

물론 천행이 이어져 구파나 오수련의 인물 중 하나가 그 자리에 올라 본래의 주인에게 비급들을 돌려주는 일이 벌어진다면 더할 나위 없이 좋은 일이겠지만, 아무리 명문정파라 해도 이 막중한 사안 앞에 이해관계가 엇갈리지 않는다고 누구 하나 장담할 수가 없는 일이었다.

　결국 살 길은 스스로가 찾을 수밖에 없는 것이었다.

　어부지리를 노리든 스스로의 힘으로 그것을 되찾든 그도 아니면 그저 구경이라도 해 볼 요량으로 강호인들 모두가 천목산으로 모여들 수밖에 없는 상황.

　당연히 무림은 이전에 비할 바 없는 혼란의 시기를 맞이하게 될 수밖에 없었다.

第五章

검제(劍帝)

한적하기 만한 상선의 뱃머리 쪽에서 잔잔히 흐르는 강물을 말없이 바라보는 남녀가 있었다.

　행색만 놓고 보자면 도저히 어울릴 것 같지 않은 두 사람.

　사내는 어디 멀리 향시라도 보기 위해 나선 듯한 유생 차림이었고 여인은 검은색 경장 아래 무복을 받쳐 입은 모습으로 한눈에도 무가의 여식인 것이 느껴지는 차림이었다.

　한데 여인의 용모가 필설로 형용하기 힘들 정도로 아름다운 것에 반해 사내의 모습은 도저히 유생답지 않은 강건함을 자연스럽게 발하고 있어 함께하고 있는 두 사람은 어딘지 어울리지 않을 것 같으면서도 묘한 조화를 이루고 있었다.

두 사람은 한참이나 말이 없었는데 먼저 입을 연 것은 여인이었다.

"제가 억지를 부린 것인가요?"

여인의 음성에 사내가 고개를 돌려 여인의 눈을 응시했다.

"아닙니다. 저 또한 필요에 의해 택한 것이니 당 소저께선 부담을 가질 필요 없습니다."

사내 연후의 말에도 불구하고 여인 당예예의 굳어진 표정은 풀리지 않았다.

"전 유 공자께서 친구분들과 함께하실 것이라 생각했습니다."

"어차피 저마다 해야 할 일들이 있으니까요. 뭐 그 일들이 모두 끝나면 다시 모여 회포를 풀기로 했으니 아쉬울 것도 없습니다."

"아! 그렇군요. 그때 저도 꼭 함께 가고 싶네요. 이제껏 살면서 그만큼이나 유쾌했던 자리가 또 있었나 싶을 정도로 즐거웠거든요."

당예예의 음성이 조금 전보다 훨씬 밝아졌지만 연후는 조금 미안하다는 듯 입을 열었다.

"그러긴 힘들 듯합니다. 오 년 뒤 원단 날 유가장에서 다시 만나 밤새 술을 마시기로 했으니까요."

연후의 답에 당예예가 물끄러미 연후의 얼굴을 쳐다보았다.

"그게 왜 힘든 일인가요? 유 공자를 벗이라 여기는 것은 저 혼자만의 착각인가요? 또한 벗의 벗은 친구라 했는데 제가 가지 못할 이유가 무엇입니까?"

갑작스레 연이어진 당예예의 질문에 연후가 대꾸할 바를 찾지 못하고 망설였다.

친구들 앞에서야 딱히 뭐라고 소개하기도 힘든 처지라 그녀의 말과 행동에 동조할 수밖에 없었다.

거기다 천성이 낙천적인 무린이 그녀를 살갑게 대하고 무림세가의 여식들을 대하는 것에 익숙한 단목강 역시 그녀를 편하게 여기는 것처럼 보였다.

더구나 더할 수 없는 악연이라 여겼던 사다인마저 그녀를 거리낌 없이 대하게 되었으니 상황을 그렇게 만든 당예예의 처신은 분명 놀라움을 넘어서 경이로운 느낌마저 들게 할 정도였다.

거기다 눈치로 보아 그녀는 단목연화나 은서린, 자운공주와도 깊은 교분을 나눈 것처럼 보이니 확실히 당예예는 단순히 처세의 묘가 뛰어나다는 것으로만 여길 수 없는 무언가를 가졌다는 뜻이었다.

아무리 그렇다고 해도 연후가 그녀를 유가장의 다른 친구들처럼 편하게 여길 수는 없는 일이었다.

세월의 길고 짧음이 우정의 깊고 옅음의 기준이 될 수 없다고 해도 함께한 기억들이 전혀 다른 것이다. 유가장 그 시절 친구들과의 일들은 생각만으로도 연후를 미소 짓게 할 수 있는 기억들이었다.

하나 그녀와는 그 시작점이 벌써 달랐다.

사실 그런 것들이야 그저 연후 나름의 핑계일 뿐이었다. 스스로 깨닫지 못하는 것일 뿐 연후에게는 아직까지 전부 버리지 못한 고루한 구석이 있는 것이다.

스스로 마음 깊은 곳에서 남녀가 유별한데 어찌 친구가 될 수 있을까 하는 생각을 떨쳐 내지 못하는 탓에 그녀를 밀어내는 것뿐이지, 그녀가 여인이 아니었다면 연후 쪽에서 먼저 나서 더욱 깊은 교분을 나누자고 할 정도의 매력을 지닌 것이 당예예였다.

무가의 여식답지 않게 깊은 학문적 소양은 물론이요, 연후보다 훨씬 깊은 강호의 경험에다 살부지수를 만나고도 흔들리지 않을 정도로 굳건한 심지, 그리고 돌이킬 수 없을 것 같은 관계를 해결하고 상황에 맞게 받아들이는 지혜까지 어느 것 하나 모자람이 없는 여인.

그렇다고 해도 그녀는 결국 여인, 단지 그 하나가 당예예를 편히 지기로 대할 수 없게 만들고 있다는 것을 연후만 깨닫지 못하는 것이다.

더구나 친구들과 새롭게 약속한 오 년 뒤의 시간까지 그녀와 계속 연락할 일은 없어야 한다는 생각이었다. 그렇게 되는 것이 그녀와 자신, 둘을 위해 다행스러운 일이라는 생각마저 가지고 있는 연후였다.

그 전에 그녀의 조모와 자신의 부친 사이의 일을 매듭지어야 한다는 생각을 가지고 있기에 이렇듯 그녀를 따라 사천으로 향하는 것이기도 하고.

그러니 새로운 오년지약 때 다시 한 번 친구들과 만나고 싶다는 그녀의 말에 말문이 막혀 버린 것이다.

하지만 사람을 대함에 있어 솔직하지 못한 것이 더욱 큰 잘못이란 생각에 연후는 내심을 털어놓을 수밖에 없었다.

"나고 자라 배운 것이 남녀의 유별함인지라 당 소저와 친우가 되는 것이 쉽지 않습니다. 다만 함께하는 동안엔 여인이라 생각지 않으려 노력하겠습니다."

연후가 정중히 자신의 뜻을 피력하자 다시 한 번 당예예가 연후를 물끄러미 바라보다 이내 피식 하고 웃어 보였다.

이따금씩 보이는 그런 당예예의 미소가 참으로 곱다고 느끼는 연후였지만, 바로 그 때문에 더더욱 그녀와 벗이 될 수 없다고 생각하는 것이 또한 연후의 본심이었다.

한데 그녀에게서 또다시 의외의 음성이 이어졌다.

"그렇게나 싫으신가요? 제가?"

전에는 한 번도 내비친 적 없는 눈망울로 자신을 또렷이 바라보는 당예예의 모습, 연후는 크게 당황하여 어찌 그녀를 대해야 할지 갈피를 잡지 못했다.

그런 연후의 모습에 당예예는 다시 한 번 환한 미소를 지었다.

"절대 책임지라는 소린 안 할 테니까 얼굴 펴세요. 이래 봬두 저 좋다는 남자를 다 오라 하면 이 배를 꽉 채우고도 강물 위를 둥둥 떠다닐 정도니까요."

농담임에 분명하지만 어딘가는 또 진담처럼 느껴지는 그녀의 음성에 연후가 애써 당황했던 표정을 지웠다.

그리고 연후 또한 물끄러미 그녀의 얼굴과 눈을 마주했다.

확실히 당예예는 다른 느낌이었다. 또한 그녀와 자신의 연이 평범치 않다는 것 역시 인정할 수밖에 없었다.

처음 장강의 뱃머리에서 그녀를 보았을 때부터 이제까지 불과 석 달도 되지 않는 시간이 흘렀을 뿐이다.

한데 그 사이 참으로 많은 사건을 함께 겪게 되었으며 어쩌다 보니 또다시 그녀와 동행해 사천으로 가고 있는 것이다.

이 모든 일들을 그저 우연이라고 치부해 버리고 넘길 수는 없는 일이었다.

사실 냉정히 따지자면 그녀와는 악연이 될 수밖에 없는 관계였다.

당장 부친과 그녀의 조모 사이의 일로 그녀의 가문 전체와 척을 질 가능성이 있는 것이다.

아니, 이제껏 겪어 본 강호 무림이란 세상의 모습으로 미루어 매우 높은 확률로 그녀의 가문과 적이 될 것이라는 생각이었다.

물론 부친과 연을 끊는다면 그런 일을 미연에 방지할 수 있을 것이다.

하나 하늘이 정하여 내린 혈육의 연을 어찌 상황의 곤궁함을 탈피하겠다고 인의로 끊어낼 수 있겠는가.

그것은 부친이 꾸미고자 하는 정체 모를 일들과는 전혀 상관없는 도리이며 순리의 문제였다.

그런 이유로 자운 공주와의 파혼은 차라리 잘된 일이라고 받아들일 수 있었다.

조부의 유언을 지켜 부마가 되었다면 결국 부친과 맞

서게 되는 상황에 처할 수밖에 없으니 그런 황망한 일만은 벗어날 수 있게 된 것을 진심으로 다행스럽게 여기는 것이다.

하여 단목강과 자운 공주가 무탈하게 이루어지길 빌어 줄 수 있었다.

물론 단목강과 헤어지기 전 은밀한 당부를 남기는 것을 잊지 않았다.

"강아! 이 우형이 한 가지만 부탁하마. 공주마마와 성혼을 하게 되더라도 조정의 일에는 절대 관여치 않았으면 한다."

"형님, 말씀치 않으셔도 어찌 저 같은 무부가 출사를 꿈꾸겠습니까? 평생 세가의 일에 매달리기에도 부족합니다. 하지만 그리 말씀하신 연유를 묻지 않을 수가 없습니다. 돌아가신 스승님의 염원을 아는데 어찌 그런 말씀을 하시는 것입니까?"

"확실한 것을 알지 못하니 내 중언부언해야 무슨 소용이 있겠느냐? 그저 노파심에서 하는 말이다. 다만 한 가지만은 나에게 꼭 지키겠다고 약속해다오."

"……."

"만일 말이다. 아주 만약에 말이다. 내 부친과 적으로 마주친다면 말이다……."

"형님! 어찌 그런 말씀을……. 제가 어찌 형님의 가친께 칼을 겨눌 수 있겠습니까!"

"아니다. 그런 것이. 꼭 기억해야 한다. 천에 하나 만에 하나 그럴 일이 생긴다면 이 우형의 말을 믿고 무조건 그 자리를 벗어나야 하느니라. 알겠느냐?"

"네에?"

"무조건이다. 반드시, 이것 하나만은 지켜 줄 수 있어야 한다."

"무슨 이유인지 모르겠지만 형님께서 그리 말씀하신다면 소제 반드시 따르겠습니다."

말마따나 그런 일은 절대로 생기지 말아야겠지만 부친의 행보를 유추해 볼 때 황실이나 조정과의 마찰은 불가피하다고 여겨졌다.

하니 혹시라도 부친과 부마가 된 단목강이 조우하여 서로 적으로 마주칠지도 모른다는 생각을 지우기 힘들었다.

그리되면 단목강이 어찌 나올지는 뻔한 일, 그리고 그 싸움의 결과 역시 충분히 짐작되었다.

이미 십 년 전 불이곡의 귀마노사조차 까마득히 느꼈

다는 부친의 무위는 지금의 연후에게마저 온전한 두려움의 대상이었다.

그 무엇보다도 무상의 공능이 부친의 존재를 두려워하고 있었다.

그런 부친을 단목강이 이겨 낼 수 없을 것이 분명하며 설혹 이긴다 해도 살부지수의 원수가 되는 것이니 그런 일이 벌어지지 않도록 하는 것이 최선일 수밖에 없는 것이다.

게다가 부친의 손에 단목강이 무슨 일을 당한다면 그 또한 참아 낼 수 없을 것 같으니 서로 부딪치지 않기만을 간절히 바랄 뿐이었다.

여하간 그런 가능성을 배제하고 나면 자신을 구속했던 과거의 일들로부터 한결 자유로운 마음일 수 있었다.

태공공의 일도 바라는 바대로 마무리되었으며 이제 남은 일들 중 가장 중요한 것은 중살이란 이들을 찾아내 유가장 식솔들과 매화촌 주민들의 혈채를 받아내는 것이었다.

물론 그 일에는 얼굴 한 번 본 적 없이 그저 검한마녀라 불렸다는 모친의 원수를 갚는 일 역시 당연히 포함되어 있었다.

하나 수십 년간 강호 무림의 깊은 곳에서 암약해 왔다

는 그들을 무턱대고 찾아다닐 수도 없는 노릇이었다.

다행이라고 해야 할지 불행이라고 해야 할지 단목강이 얼마 전 그들 중 하나와 마주쳐 큰 부상을 입혔다고 하니, 생각보다 쉽게 그 일도 마무리 지을 수 있을 것이란 기대를 했다.

물론 그런 단목강의 말에 자신보다 더 펄쩍 뛰는 사다인이 있기에 대놓고 나서지는 않았다.

게다가 반드시 중살을 자신의 손으로 처단하겠다는 마음을 가진 것도 아니었다.

강호인이라면 복수는 의당 자신의 손으로 해야 한다는 생각을 하겠지만 연후의 생각은 그 근본부터 달랐다.

죄를 지었다면 죗값을 받으면 그뿐, 그 과정이 공평무사하다면 누가 중살이란 이들을 단죄해도 상관없다는 생각이었다.

그들의 손에 죽은 이들의 수가 한정 없다 하는데 어찌 치죄의 권한이 자신의 손에만 있다고 할 수 있겠는가.

하니 사다인의 마음도 충분히 이해하고, 또 당장은 세가의 일 때문에 그 일에 나서지 못한다는 단목강의 미안해 하는 마음도 충분히 이해했다.

물론 그런 잔챙이들은 너무 시시해서 니들한테 양보한다는 혁무린의 허풍 또한 충분히 이해할 수가 있는 일이었다.

그렇다고 연후가 그 일을 등한시하겠다는 것은 절대로 아니었다.

연후가 당예예와 동행하는 이유 역시 따지고 보면 중살의 일 때문이라 할 수 있었다.

황궁에서 주최한다는 무림대회의 일이 왜 그토록 엄청난 혼란을 일으키는 일인지 온전히 납득할 수 없는 연후였다.

더군다나 황궁 비고의 비급들이란 것이 어째서 그토록 중요한 것이며 강호를 들썩이게 하는 것인지도 쉬 이해할 수가 없었다.

물론 진본과 필사본이란 차이가 서책의 가치에 얼마만큼 영향을 미치는지 누구보다 잘 아는 연후였지만 어차피 그것은 단순한 고서로서의 가치 이상일 수는 없는 일이었다.

이미 그것들과 똑같은 필사본들을 보유하고 있다는 강호의 문파들이 어째서 그걸 회수하는 일에 그토록 사력을 다하려는지 이해가 되지 않는 것이다.

그런 소식을 들은 단목강은 서둘러 자운 공주와 함께 북경으로 길을 나섰고, 무린은 일이 재밌게 돌아간다는 듯 묘한 미소를 지었다.

사다인은 여전히 과묵했지만 그 또한 전에 없이 음침한 미소를 지었으니 친우들조차 왜 그런 반응을 보이는지 알 수가 없는 연후였다.

그리고 그러한 의문들을 풀어 준 것이 바로 당예예였다.

자파의 비급들이 저자의 삼류 무공으로 전락하는 것을 막기 위한 최소한의 자구책이라는 말, 사실 그것 역시 연후에겐 쉬 납득할 수 없는 일이긴 했다.

결국 범용과 희귀성 사이의 일이라는 말.

소수만이 누릴 때, 자신들만이 가지고 있을 때 무공의 가치가 높아지기 때문이라는 말이니 그 사정은 이해하면서도 강호인들의 그 무한한 이기심에 질린다는 생각을 지우기 힘들었다.

사실 무공 비급들이 널리 퍼진다면 강호인들 뿐 아니라 일반인들에게도 더욱 좋은 일이 아닌가 하는 생각을 하는 것은 연후뿐이 없을 것이다.

너 나 없이 무공을 익힐 수 있는 기회를 갖는다는 말, 사실 연후가 그런 생각을 할 수밖에 없는 이유는 과거의 연후가 그와 똑같은 고민으로 조부와 심한 갈등을 겪었기 때문이다.

광해경을 익히기 위해 반드시 필요하다는 삼십 년의

공력, 범인이 그런 기회를 얻는 것이 얼마나 힘들고 어려운 일인지 그때 뼈저리게 깨달을 수 있었다.

소림이나 무당 같은 곳에 찾아가 내공을 쌓는 법을 알려 주십시오 하면 될 일이라고 생각한 것이 얼마나 어리석고 부끄러운 일이었는지 모르겠단 생각이었다.

한데 세상에 그러한 무공 비급들이 풀리면 보다 많은 이들에게 기회가 생길 것이고 서로가 서로의 무공을 감추지 않고 연구하다 보면 더더욱 뛰어난 성취를 얻을 수 있는 것이 아니겠는가 하는 생각을 해 보는 것이다.

그것을 차단코자 눈에 불을 켠 무림인들의 행태는 결국 이기심 그 이상이 아니라는 판단이었다.

강호 무림 밖에서 자라온 연후이기에 하는 생각, 하나 그런 생각 안에도 크나큰 맹점이 있음을 당예예가 날카롭게 지적했다.

"세상사람 모두가 유 공자나 사다인 공자처럼 강해질 수는 없습니다. 하면 분명 힘의 편중이 생겨날 것이고 보다 강해진 이들은 약한 이들을 괴롭힐 것입니다. 생각해 보십시오. 도처에 널린 산적들이 검강을 사용하고 초절한 경공을 사용한다면 무를 택하지 않은 이들이 어찌 그들의 손을 벗어나겠습니까? 그런 이유로 정파나 명가라 하는 곳들은 무공 이전에 자질을 크게 보고 또한 소양을 가르치는 것이지요. 비인부전(非人不傳)이라 사람의 그릇을 먼저 보는 것이고, 물론 그렇다고 그들 모두가 협의만을 따르는 것은 아니지만요……."

확실히 그녀의 말도 일리가 있었다.

결국 그리되지 않으려면 비급들 뿐 아니라 제대로 된 예와 도의 가르침이 모든 이들에게 병행되어야 한다는 것.

한데 그것이 묘하게도 부친이 꿈꾸는 세상과 어울린다는 생각을 하게 되는 순간 연후는 더 이상의 상념들을 애써 지워 버렸다.

머리로는 도저히 부친이 세운 뜻을 꺾지 못함을 알기 때문이었다.

단지 그것이 불가능한 이상이라는 것을 알기에, 설령 이루어지더라도 그 꿈 아래 사그라질 헤아릴 수 없는 생명들에 대한 걱정이 더욱 크기에, 가능하다면 부친의 마음을 돌리고 싶은 것이 사실이었다.

하지만 만일 피를 흘리지 않고 그러한 세상을 만들 수 있다면…….

솔직히 그리되면, 그리될 수 있다면 얼마나 좋을까 하는 생각 역시 해 보지 않은 것이 아니었다.

하나 그것이 불가능하다는 것을 어찌 모르겠는가.

하늘의 아들이라는 황제가 팔십만에 이르는 금군을 거느린 채 대륙을 통치하는 세상이었고 그 존재를 천자라 당연히 납득하고 있는 세상에서 무혈(無血)의 역천 혁명이 어디 가당키나 한 일이겠는가 하는 생각이었다.

결국 그 일은 막을 수도 또한 동조할 수도 없는 일일 뿐인 것이다.

그저 자신이 할 수 있는 일을 하는 것뿐.

무공 비급이 풀리면 반드시 중살이 나타날 것이라는 당예예의 말을 믿고 그녀와 동행을 결정한 연후였다.

보다 효율적으로 그들 중살에 관한 정보를 얻으려 하는 것 역시 그녀와 동행하는 또 하나의 목적이었고 물론 부친과 그녀의 조모에 관한 일도 반드시 풀어야 할 매듭 중 하나였다.

더구나 뜻하지 않게 얻게 된 검마란 흉명과 거기에 얽혀 일어날 수도 있는 불필요한 마찰 역시 그녀와 동행으로 충분히 벗어날 수 있음을 알게 되었으니 그러한 저간의 사정이 그녀와 여정을 함께하게 된 이유가 된 것이다.

하나 앞으로 어떤 일이 벌어질 것인지 쉬 짐작되지 않아 마음 한편이 무거운 것은 어쩔 수가 없었다.

"확실히 유 공자님은 특이한 분이세요. 매사가 모두 그리 신중할 일인가요? 지금은 좀 즐기셔도 좋잖아요. 이렇게 경치가 아름다운데……."

　나직하게 들려오는 그녀의 음성이 연후의 귓가를 간질였다.

　그런 뒤 그녀는 연후는 신경 쓰지 않고 뱃전에 기대어 눈앞에 펼쳐진 풍경을 하염없는 눈으로 바라보기 시작했다.

　구불구불 이어진 강줄기를 따라 양옆으로 하늘을 찌를 듯이 뻗어 있는 협곡의 봉우리들은 과연 천하의 절경이란 이름과 더없이 어울렸다.

　어찌하여 굳이 사천으로 통하는 가장 험로라 하는 장가계로 그녀가 자신을 이끌었는지 충분히 납득할 수 있을 만큼 아름다운 경치였다.

　하나 그런 것들보다 주변의 모든 아름다운 광경을 맑은 눈망울 안으로 담담히 담아내고 있는 그녀의 눈빛이 더욱 빛이 나고 있다는 생각을 쉬 떨쳐 내지 못하는 연후였다.

　연후와 당예예의 여정이 그렇게 사천으로 이어지고 있었다.

＊　　　　＊　　　　＊

안휘의 성도 합비에 자리 잡은 남궁세가의 분위기는 다른 무림 세가나 문파들과 달리 차분하기만 했다.

그들 또한 오수련의 일원으로 흑면수라를 추적하는 과정에서 많은 무인들을 잃어야 했으나 그보다 더 큰 수확 하나를 건진 탓에 그 일이 결코 손해만은 아니었다는 판단이었다.

당대 천하제일인에 근접했다는 벽마에게 치명상을 입힌 존재, 창천검룡이란 별호를 지닌 남궁인이 있기에 내우외환에 둘러싸인 남궁세가가 이토록 고요할 수 있는 것이다.

그 이전까진 일군과 암왕이 주도하는 오수련 내에서도 전혀 입지를 찾을 수 없었던 곳이 남궁세가였다.

과거의 영화가 무색하게 황보세가나 진주언가에게도 무시를 당하던 곳이 남궁세가였으나 이제 모든 것이 달라지고 있었다.

얼마 전 남궁인은 서출이란 신분의 굴레를 벗어 던지고 당당히 소가주의 자리에 앉게 되었다.

이는 팔백 년을 이어 온 남궁세가의 역사 동안 처음으로 벌어진 일이었으니 그만큼 남궁인의 존재가 세가 내에서 크게 자리 잡았음을 의미하는 것이었다.

더구나 강호는 지금 변란의 시대를 맞이하고 있었다.

굳이 벽마란 희대의 살성이 나타난 것을 언급하지 않는다 해도 곳곳에 크나큰 변화의 조짐이 일고 있음을 누구나 느낄 수가 있는 때였다.

북궁혈사 이후 사장되었다는 검제의 무공이 깨어났다는 소문이나 팽가가 과거의 힘을 완연히 회복한 채 재건하였다는 이야기, 거기다 이전에도 없었고 앞으로도 다시 벌어질 수 있을까 싶은 무림왕부에 관한 조정의 기이한 칙령까지.

그 어느 것 하나 그냥 넘길 수가 없는 부분이었다.

이런 변란의 시대를 넘기 위해 필요한 것은 오직 무(武), 한 가지였다.

그리고 그러한 시대가 지나고 나면 강호는 새로운 주인들로 채워져 온 것이 지난 강호사였다.

남궁세가 역시 유구한 세월 동안 흥망성쇠를 거듭해 왔음을 굳이 되새기지 않아도 지금의 시대가 다시금 도약의 나래를 펼 수 있는 때임을 세가의 식솔들 모두가 공감하고 있는 것이다.

그렇기에 남궁인을 소가주의 자리에 앉힐 수 있었던 것이다.

더구나 그가 익힌 무공 초연검결은 무황이라 불렸던 개파의 시대 이후 누구도 대성해 내지 못했던 절대의 검학이었다.

그로 인해 제왕검학이라 이름 붙은 검이 바로 초연검결.

남궁인에게서 그 극의를 이룰 가능성을 보았으니 남궁세가의 미래가 더욱 창대할 것이란 사실을 의심하는 이가 없을 정도였다.

그렇게 세가 식솔들 모두의 기대를 한 몸에 받고 있는 사내 남궁인은 정작 자신의 거처 앞에 만들어진 정자에 기댄 채 시퍼런 하늘만 무료한 눈으로 바라보고 있을 뿐이었다.

무언가 맥이 풀린 듯 보이고도 하고 또 무언가를 골똘히 고민하는 것도 같은 얼굴이었다.

한 가지 확실한 것은 과거 벽마를 추적할 때 보이던 불굴의 기상은 사라지고 어딘지 무력해 보이는 모습을 보이고 있는 거싱다.

그런 남궁인을 향해 조심스럽게 다가온 여인이 그 옆에 나란히 서서 그가 바라보는 하늘을 잠시간 응시했다.

"창천의 꿈을 그리시는 건가요?"

"소소……."

"휴, 아직 정신은 있네요. 절 알아보시는 걸 보니. 대체 언제까지 이러고 계실 건가요? 무림대회 일로 합비가 떠들썩하기 시작한 것이 언제인데?"

"관심 없어."

"이건 관심이 있고 없고의 문제가 아니잖아요. 지금은 움직여야 할 때라구요."

여인 제갈소소의 다그침에 남궁인의 눈가에 조금 생기가 돌았다.

"그 말 오수련의 군사로서 하는 말이야? 아님 제갈세가의 여식으로서 하는 말이야?"

남궁인의 예상치 못했던 물음에 여인 제갈소소의 얼굴이 말도 못하게 굳어졌다.

아리따운 얼굴에 서리가 내린 듯 차가워진 그녀가 잠시간 남궁인을 내려다보더니 휙 하고 뒤돌아서 버렸다.

"나쁜 자식! 이제 걸릴 건 아무것도 없잖아. 사내라면 책임질 줄 알라고."

그녀가 싸늘한 음성을 남기고 사라져 버리자 홀로 남은 남궁인이 잠시 한 대 얻어맞은 듯한 표정을 지었다.

그러더니 뒷머리를 긁적거리며 혼잣말을 내뱉었다.

"그래도 어쩌겠냐? 그 친구 생각만 하면 아직도 검을 쥘 엄두가 나질 않는 것을……."

남궁인의 머릿속엔 오직 한 남자의 모습만이 가득했다.

흑면수라, 아니, 이제 벽마라고 불리는 그의 목숨을 취하기 직전 나타났던 유생 차림의 사내.

초연검결이 반응하기도 전 나타나 자심의 검을 움켜쥐었던 그의 모습을 아직까지 도저히 떨쳐 낼 수가 없었다.

그리고 그 이유가 무엇 때문인지 이제는 충분히 깨닫게 되었다.

그에게 초연검이 있으며 또한 그가 바로 북궁가의 후예라는 소문.

이는 그의 무공이 북궁세가의 현천무상검결과 이어져 있다는 말, 어째서 초연검결이 그토록 그를 두려워했는지 충분히 납득할 수 있게 된 이유였다.

사실 세가 내에서조차 쉬쉬하는 일들이었지만 세가의 연원이 북궁세가와 그 맥을 같이한다는 사실은 알게 모르게 받아들이고 있는 것이었다.

최초 검제가 나타났던 그 시절 강호인들 대부분이 그가 남궁세가 출신이라는 것을 의심치 않았을 정도였다.

그가 펼친 무공은 분명 제왕검학이라 불리는 초연검결과 너무나 닮아 있었기 때문이었다.

하나 그것이 초연검결이 아니라는 것을 정확히 알아본 이들 역시 남궁세가의 인물들 뿐이었다.

검제의 무공, 그것은 남궁세가 출신이 아니면서도 유일하게 초연검결을 대성했다고 기록되어 있는 정천신검(正

天神劍) 금혁이 말년에 얻었다는 무공이 틀림없었다.

물론 금혁의 경지가 검제라 기록된 이의 경지와 비견될 수 있는 것은 아니었다.

물론 금혁 또한 그 시대의 천하제일인으로 이름을 날렸던 인물임엔 틀림없으나 동시대에 염왕도제 단리극이란 존재가 있었기에 역사 한편에 조용히 묻힐 수밖에 없는 이름이었다.

하나 그 금혁이 얻는 현천무상검결은 무선으로부터 전수받았다는 전설이 있으며 그가 최후에 단리극의 후예를 자처하는 절대 마인과 생사대전을 치른 후 장렬히 산화했다는 믿지 못할 전설 역시 강호의 비사로 은밀히 이어져오는 것도 사실이었다.

바로 그 금혁의 살신성인이 있었기에 마종의 맥, 혹은 불이무학의 계승자라 불리는 이들이 오래도록 강호에 나설 수 없었다는 이야기 또한 알게 모르게 정설처럼 굳어져 온 것이다.

하나 금혁을 바라보는 남궁세가의 입장은 전혀 달랐다.

금혁이 강호를 등지고 살아남아 세운 것이 바로 북궁세가란 생각이었다.

금혁이라면 충분히 남궁세가를 그리워할 이유가 있었으니 신분을 감춘 채 북궁 성을 썼다고 유추한 것이며 그러한 짐작은 그저 억측이라고만 할 수가 없었다.

금혁 이전 시대, 그러니까 남궁세가가 무황성을 장악하고 강호를 양분하던 만마궁과 절대자의 자리를 놓고 대치하던 시절이 끝난 것은 삼마의 난이라 불리는 어마어마한 혈사 때문이었다.

그 후에 벌어진 삼천지란, 흑천겁란과 함께 강호사 삼대 대란의 첫 머리에 놓이는 것이 바로 삼마의 난이다.

물론 지다성녀에 의해 그 삼마의 난에 대한 재조명이 있어 천마, 혈마, 환마로 기록된 삼마가 무무노인이란 기인의 제자들이며 그들의 목적 역시 당시 강호를 암중으로 장악하고 있던 삼천의 세력들로부터 강호를 지켜내기 위한 것이었다는 설이 재개되었다.

하지만 그것은 어디까지나 하나의 가설일 뿐, 그녀의 말을 곧이곧대로 인정한다면 삼천이라 이름 붙은 북해의 세력이 오래전부터 강호를 지배해 왔다는 말이나 다름없으니 유구한 전통을 지닌 명문 거파가 그녀의 말을 쉽사리 인정할 수 없는 것 역시 당연한 일이었다.

결국 세월이 흘러 지다성녀가 남긴 이야기들은 그저 남편이었던 무제가 삼천지란을 종식시킨 업적을 더욱 공고히 하기 위해 퍼트린 허무맹랑한 과장 정도로 치부되었다.

그렇게 될 수밖에 없는 것은 당시 너무 많은 이들이 죽었기 때문이고, 지금껏 너무 많은 세월이 흘렀기 때문이었다. 그리고 무엇보다 당대의 강호가 지다성녀에게 비하된 그 명문 거파들의 지배하에 있기 때문인 것이다.

지난 세월의 진실이 무엇인지 명확하지 않을 때는 결국 살아남은 자, 혹은 지배하는 자들의 논리를 따를 수밖에 없는 것이 역사란 이름이 지닌 허울이었다.

그렇다고 해도 그 삼마의 난에 대한 무수한 기록만은 누구도 부정할 수 없는 일이었다.

특히나 그 시절 혈마라 불리던 인물은 이제 환우오천존 중 혈제(血帝)라 칭해지는 인물이 되었다.

혈제, 그는 이 강호사에 존재하는 모든 무인들 중 단신으로 가장 많은 이들을 죽였다고 전해지는 그야말로 강호사 최악의 대살성으로 기록된 인물이었다.

그의 칼에 죽은 자의 수가 삼천이라고도 하고 혹자는 최소 그 열 배가 넘는다고도 하지만 시절을 되돌리지 않는 이상 그 수치를 논하는 것은 무의미한 일일 뿐이었다.

다만 그가 사용하던 애병 혈마도(血魔刀)만은 너무나 유명하여 아직까지 그 전설을 쫓는 이가 무수한 실정이었다.

그도 그럴 것이 그 혈마도의 두 번째 주인이 바로 무제

단이천이었기 때문이다.

강호사에 기록된 다시없을 절대자 두 명이 자신의 애
병으로 선택했던 도(刀).

하니 그 도 한 자루가 무수한 전설을 만들어 낼 수밖에
없는 것이 당연하며, 혹자들은 혈마도 안에 마귀가 봉인
되어 있어 스스로 절대자가 될 재목의 주인을 선택한다는
말을 덧붙이기도 했다.

하여 누군가 또다시 혈마도의 부름을 받는다면 그가
다시 한 번 천하제일좌를 얻을 것이라는 전설까지 더해져
내려오는 것이 강호제일신병(江湖第一神兵)이란 이름을
놓쳐 본 적이 없는 전설의 기물 혈마도인 것이다.

그리고 그 혈마도와 견줄 수 있는 유일한 병장기가 하
나 있으니 그것이 바로 검제지보(劍帝之寶)라 불리는 초
연검이었다.

역시나 환우오천존 중 검제가 사용했다는 한 자루 연
검이 바로 초연검.

북궁혈사가 끝나고 어디론가 감쪽같이 사라졌다는 검
제지보의 가치는 충분히 혈마도에 비견될 만한 것이었다.

하나 그 초연검이 남궁세가의 가주를 상징하던 신외지
물임을 아는 이는 이제 강호를 통틀어도 겨우 손에 꼽을
정도였다.

과거의 한때 제왕검이라 불리던 물건, 또한 그것이 정천신검 금혁과 남궁세가가 맺은 인연의 증표라는 사실 역시 그저 오래된 남궁세가의 기록에서나 찾을 수 있는 일이었다.

여하간 삼마의 난으로 인해 남궁세가는 오랜 세월 멸문의 길을 걸을 수밖에 없었으며 그때 남궁세가의 생존자가 금혁에게 초연검결을 전수했다는 이야기만은 틀림없는 사실이었다.

하나 금 씨 성을 이은 이가 남궁세가를 재건할 수 없음이 또한 당연하니 그 금혁이 말년에 은거해 북궁세가를 세웠다고 추측하는 것은 앞서 말한 여러 가지 역사적 증거들에 기인하는 것이다.

그래야 북궁세가의 느닷없는 등장이나 현천무상검결의 존재, 거기다 불확실한 금혁의 말년이나 초연검의 행방 등에 대한 아귀들이 딱딱 들어맞는 것이다.

물론 그것은 그저 남궁세가 사람들의 유추일 뿐 강호의 일각에선 전혀 다른 주장을 내놓기도 했다.

그 북궁세가가 삼천지란 때 북빙해에서 내려온 이들 중 하나가 살아남아 시작되었다는 이야기가 바로 그것이었다.

남궁세가의 연원이 북궁세가에서 시작되었으며 북빙해,

즉 삼천이라 불리던 그 세력이 은밀히 강호에 뿌려 둔 세력이 바로 남궁세가란 주장이 제기되었던 것이다.

이러한 주장은 모두 지다성녀가 남긴 기록들에 근거를 둔 것으로 잠시 잠깐 여기저기 대두되었으나 오래지 않아 완전히 사라져 버렸다.

그것이 사실이든 아니든 수백 년 역사의 근간마저 뒤흔드는 추문을 남궁세가가 두고 볼 리 없었던 것이다.

결국 입이 가벼운 이들은 일찍 세상을 떠날 수밖에 없는 것이 또한 강호의 생리.

당연히 그러한 과거의 일들은 세가 내부에서만 은밀히 전해져 내려올 뿐이었다.

무엇이 진실인지가 중요한 것이 아니었다.

세상이 어떻게 알고 있는가가 더욱 중요한 것이다.

게다가 북궁혈사를 주도했던 곳이 바로 남궁세가이고 보면 그 모든 일들은 덮어져 없어져야만 하는 일인 것이다.

금혁이 북궁세가를 세웠다는 가설만 해도 그럭저럭 감당해 낼 수 있겠지만, 남궁세가가 북빙해에 뿌리를 두고 있다는 말은 절대로 떠돌아서는 안 되는 말인 것이다.

그렇기에 북궁혈사에 더더욱 앞장설 수밖에 없었던 것이 남궁세가의 처지, 또한 그 과정에서 현천무상검결을 얻기를 간절히 원하였다.

그것도 함께 그 일을 도모한 수많은 문파들 몰래 그것을 얻어내고자 했으니 앞 다투어 북궁세가의 담을 넘을 수밖에 없었고 그 결과 돌이키기도 힘든 피해를 얻어야만 했다.

지금에 와서 남궁가의 이름이 오대세가의 말석에 근근이 이름을 올리게 된 내막에는 당시에 입은 피해를 극복해 내지 못한 이유가 가장 컸다.

결국 인과응보요 자업자득일 수밖에 없는 과거사였다.

하나 그것도 그저 몇 대 전 선조들의 이야기일 뿐.

당대의 남궁세가인들이 과거의 잘못을 들추어 시인할 이유도 없거니와 그런 과거사에 얽매일 이유도 없는 것이다.

아무리 강호의 명문 거파라 해도 과거를 들추어 부끄러운 기억 하나 없는 곳이 어디 있겠는가?

멀리 볼 필요도 없이 저 고고한 소림만 해도 광승이란 제자 하나가 강호를 피에 절게 만든 일이 불과 반백 년 전의 일이었다.

그러한 일이 어디 소림뿐이겠는가?

알게 모르게 퍼진 소문이라지만 중살의 뿌리가 구파와 닿아 있을 것이라는 추측 역시 쉬쉬하면서도 거의 사실로 굳어져 가는 이야기였다.

그런 소문이 들려오면 정작 구파 모두가 펄쩍 뛰며 반발하는 터에 누구 하나 면밀히 따져 묻지 못할 뿐이지, 중살이 행한 일들 중 황실과 관련된 일을 제외한 다른 모든 살행들을 하나하나 따지고 보면 제각기 구파와 연관되지 않은 일이 없음은 틀림없는 사실인 것이다.

그런 일들이 천연덕스레 벌어지는 당금의 강호 정세 속에서 남궁세가가 부끄러워할 일이 무엇이겠는가.

그것이 남궁세가를 이끌어 가는 수뇌부들의 한결같은 마음이었다.

하나 그러한 사실을 소가주가 되고서야 알게 된 남궁인은 흡사 온몸을 오물통에 담근 것 같은 기분이었다.

기녀의 몸에서 태어나 남궁세가의 소가주가 되기까지 누구도 상상할 수 없는 혹독한 수련의 시간을 겪어 왔던 남궁인, 하나 감춰진 과거사 속 추악한 가문의 일면을 보게 된 충격은 자신의 성을 차라리 저주하고 싶게 만드는 일이었다.

차라리 몰랐다면 벽마든 검마든 상관치 않았을 것이다.

세가를 위협하는 적이라면 그들을 벨 방법을 찾기 위해 혼신의 힘을 다했을 것이다.

한데 그럴 수가 없었다.

부끄러웠다.

부끄러워 견딜 수가 없었다.

남궁이란 성씨는 물론 세가의 칼이 되란 이름자 인(刃)의 의미 모두가 그저 부끄러웠다.

그런 마음으로 어찌 정인 제갈소소 앞에서 당당할 수 있을 것이며, 그런 마음이기에 눈앞에 아른거리는 북궁세가의 망령을 베어 내겠다는 의지를 세우지 못하는 것이다.

"결국 깨우침과 경지의 문제인 것을……."

남궁인의 힘없는 목소리가 흘러나왔다.

해답은 스스로도 알고 있었다.

초연검결이든 무상검결이든 중요한 것이 아니었다.

중요한 것은 그 깊이였다.

어차피 검의 끝은 마음과 닿아 있다는 것을 알고 있었다.

초연검결의 극을 이룬다면 그 상대가 어떤 무공이라도 상관없다는 생각이었다.

"무량수불! 그렇게만 될 수 있다면 얼마나 좋겠는가?"

느닷없이 들려온 도호와 연이어진 현기 가득한 음성에 남궁인이 화들짝 놀라 몸을 일으켰다.

그가 고개를 돌려 바라본 곳에는 두 명의 도인이 천천

히 다가오고 있었다.

그 둘의 모습을 확인한 남궁인은 너무 놀라기도 하고 또 반갑기도 해도 쉽사리 마주하여 예를 표하지도 못했다.

그만큼 두 도인이 남궁세가를 찾아왔다는 것은 예상 밖의 일이라는 뜻이었다.

"어찌 두 분께서 이 누추한 곳까지……."

서둘러 정신을 수습한 남궁인이 두 사람을 맞으러 나섰다.

그러자 두 도인 중 앞선 중년 도인이 환한 웃음을 지으며 맞이했다.

"남궁세가가 누추하면 본문은 어쩌라는 것인가? 못 올 곳을 온 것도 아닌데 그리 놀라지 말게."

잿빛 도복 한가운데 새겨진 선명한 태극의 문양과 그의 허리춤에 매달린 송문고검은 그가 무당파의 도인이라는 것을 쉬 짐작할 수 있게 하는 것들이었다.

하나 그가 무당파의 도인들 중 최고의 검수라는 현운 진인이라는 것과 그 나이가 고작 사십 초반이라는 사실, 그리고 그가 천중십좌의 일좌를 차지하고 있다는 것은 그의 존재가 얼마나 대단한 위치에 있는 것인지를 충분히 설명할 수 있는 것들이었다.

하나 정작 남궁인을 당황케 한 것은 그 현운 진인이 아니라 그 뒤편에 선 노도인의 존재였다.

"진인, 어찌 어르신께서 여길……."

남궁인은 감히 노도인을 향해 예를 취하지도 못하고 앞선 현운 진인에게 물을 수밖에 없었다.

그도 그럴 수밖에 없는 것이 바로 그 노인의 정체가 무암 진인이기 때문이었다.

도불쌍성의 일인, 벌써 수십 년 전부터 천하제일인으로 불리던 이가 바로 무암 진인이라는 존재였다.

그가 세상에 마지막으로 나섰던 것이 벌써 이십여 년 전의 일, 그런 이가 남궁세가에 직접 찾아왔다는 사실만으로도 결코 가벼운 일이 아닌 것이다.

물론 눈앞의 두 도인과 남궁인의 인연은 작다고 할 수 없는 일이었다.

남궁인이 오대검파를 찾으며 자신의 검을 세상에 알리던 시절 마지막으로 들렀던 곳이 바로 무당이었다.

그곳에서 직접 비무의 대상으로 검을 마주했던 이가 바로 눈앞의 현운 진인이었으며 그 후 무암 진인의 은거지처에서 몇 날을 머물렀던 남궁인이었다.

이는 무당 본산의 제자들에게조차 없었던 일이니 남궁인과 무암 진인의 연이 어찌 가볍다 할 수 있겠는가.

다만 그 후 무암 진인이 당시 무당 장문인에게 지시하여 하산하는 남궁인에게 태청신단 하나를 선물로 건넨 일이 있었다.

남궁인이 이를 받아 세가의 가주에게 건넨 일이 있었는데 그것이 실상 태청신단이 아니라 염소똥이었다는 괴소문이 돌며 남궁세가와 무당의 관계가 크게 틀어지는 일이 벌어졌다.

하나 무당파에서 그런 사실을 인정할 일도 없었고 남궁세가의 힘으로 그 사건의 내막을 제대로 밝힐 수도 없었다.

그때나 지금이나 구파의 기둥인 무당파와 오대세가의 말석인 남궁세가의 힘의 차이는 분명한 것이기 때문이었다.

결국 남궁인이 몰래 태청신단을 먹고 가짜로 바꿔 버렸다는 것을 남궁세가가 먼저 나서 인정함으로서 욱일승천하던 검룡 남궁인의 이름은 더 추락할 수 없는 곳까지 떨어지게 되었다.

사실 남궁인의 입장에선 억울할 법도 한 일이었지만 그 일을 결코 원망하지는 않았다.

덕문에 갇혀 지내는 동안 초연검결의 진의를 깨닫고 체득할 수 있는 기회를 얻었기 때문이다.

이따금 그 일 모두가 눈앞의 무암 진인의 안배가 아닐까 하는 생각을 해 왔던 남궁인으로서 예고도 없이 이루어진 그의 방문이 더더욱 반가울 수밖에 없는 것이다.

더구나 그와 무당에서 보낸 삼 일간의 시간 동안 받았던 화두들이 지금의 무경을 이루는데 더없는 가르침이었다는 것을 아는 남궁인에게 무암 진인은 결코 남이 될 수 없는 존재였다.

까마득한 연배 때문에 진인이란 호칭조차 입에 담기가 어려운 이가 바로 무암 진인.

"어르신! 어찌 여기까지……."

남궁인이 조심스레 노도인을 향해 예를 취했다.

이를 마주한 무암 진인의 입가에 한 줄기 미소가 그려졌다.

"고민이 많을 때지. 마음 공부가 쉽지만은 않을 것이야. 자네는 그때를 맞은 것이고……."

인자함이 그득 담긴 음성이었으나 남궁인은 그 앞에 참으로 송구한 몸짓으로 자세를 낮췄다.

역시나 과거처럼 자신의 경지를 한눈에 재어 보는 그의 눈앞에 자신이 한없이 작아지는 마음이 인 것이다.

그러면서도 그가 던지는 말들 하나 하나가 새로운 무경의 밑거름이 되는 것을 아는 터라 결코 허투루 흘려들지 않았다.

"하지만 그 벽을 넘고 다시 한 번 벽을 마주하게 되는 순간 자네는 주저앉고 말걸세. 오늘 자넬 찾은 것은 그 이야길 전해 주기 위해서고⋯⋯."

연이어진 무암 진인의 말에 남궁인의 눈이 부릅떠졌다.

"어르신 그게 대체 무슨 말씀이십니까? 무경의 극은 온전히 마음과 닿아 있다 일러주신 분이 어르신이 아니십니까?"

"옳지. 그 말은 그르지 않네. 모든 무경의 끝은 결국 마음의 경지. 본문의 혜검 역시 그러한 경지를 극으로 말하고 있지. 한데 이 땅에는 그런 경지마저 넘어선 이들이 존재하고 있는 것이지⋯⋯. 머잖아 그런 존재들과 마주해야만 하는 것이 냉엄한 현실이고. 무량수불."

나직하게 흘러나오는 도호에 남궁인은 그저 어리둥절한 표정을 지을 수밖에 없었다.

그러면서도 짐작되는 것이 아주 없지 않아 조심스레 반문을 했다.

"혹, 흑면수라를 말씀하시는 것이라면⋯⋯."

남궁인은 직접 벽마의 심장에 검을 꽂았던 인물이었다.

그게 아니라 해도 벽마가 도저히 어찌해 볼 수 없을 정도로 강하다고 생각지 않았다.

물론 그 어마어마한 살상력이나 도저히 막아 볼 엄두가 나지 않는 뇌전의 기운들은 두려운 마음을 일으키기에 충분한 것이었다.

또한 그가 천하제일로 거론되는 것 역시 충분히 동의할 수 있는 문제였다.

하나 그것은 눈앞의 무암 진인을 논외로 쳤을 때의 이야기였다.

눈앞의 노도인은 분명 벽마와 격이 다른 존재라는 확신을 가진 남궁인이었다.

한데 그 무암 진인이 세상에 나와 새로운 적을 언급하고 있으니 남궁인 역시 더없이 긴장할 수밖에 없는 상황이었다.

"마군의 제자도 검제의 후인도 모두 빈도의 아래라 할 수 없을 정도로 강한 것은 분명하네만, 그들 만이라면 어찌 금분세수까지 한 이 늙은이가 세상에 다시 나왔겠는가."

"하면……."

"망공의 저주가 망량의 한을 깨우고 있네. 선인의 그림자마저 다시 살아나 전에 없는 대혼란의 때가 도래할 것이네. 막아야만 할 일. 해내지 못한다면 이 강호는 더 이상 존속할 수 없을 것이네. 무당도 남궁세가도……."

나직하기 만한 무암의 이야기에 남궁인은 그저 어안이
벙벙한 표정을 짓고 있을 수밖에 없었다.

그가 언급한 것이 무엇인지 몰라서 그러는 것이 아니
었다.

망공독황, 망량겁조, 천무선인 모두 삼종불기라 한데
묶여 불리는 불가해한 존재들, 그 때문에 실존에 대한 의
문마저 끝없이 재기되는 이들인데 무암 진인이 그들을 동
시에 언급하며 강호의 대혼란을 예견하는 것이다.

그 말을 꺼낸 것이 무암 진인이 아니라면 코웃음을 쳐
도 시원치 않을 이야기들이었다.

아니, 설령 무암 진인을 아는 이들이 듣는다고 해도 이
갑자 세월을 살더니 노망이 났다고 웃어넘길 정도로 그의
이야기는 허황되게 느껴지는 것이다.

하나 남궁인이 그런 생각을 할 리 없었다.

누구에게 뒤지지 않을 만큼 무암 진인의 무경을 느끼
고 있는 남궁인이 그의 말을 흘려들을 수는 없는 일이었
다.

다만 너무나 엄청난 이야기라 어찌 대꾸해야 할지를
판단을 내리지 못할 뿐.

그때마침 무암 진인의 나직하지만 한없이 자애로운 음
성이 이어졌다.

"자네에게 현천의 법을 인도할 것이니, 부디 세상을 위해 검을 세워 주시게."

일순간 굳어지는 남궁인의 얼굴과 표정.

너무 놀라 자신의 눈과 귀를 의심하는 것이 역력한 모습이었다.

"그동안 무선께서 어찌하여 유독 본문에만 박한 인연을 내렸는지 이해하지 못했다네. 소림만 해도 불성 그 친구에게 수미대불력이란 힘이 전해지지 않았던가. 모르긴 몰라도 그날 무선이 세상에 전한 절기들이 없었다면 삼천지란은 결코 중원의 힘으로 막아낼 수 없었을 것이네……. 한데도 무당은 그 역사 속에서 한 발 비켜서 있어야 했지. 물론 그만큼 본문의 혜검이 뛰어나단 의미로 받아들인 것도 사실이고……."

"설마 정말로 현천무상검결이 무당에 있었단 말입니까? 북궁세가와는 상관없이……?"

남궁인의 음성이 더없이 떨리며 흘러나왔다.

"이 무암이 자네 눈엔 과거의 치부 따위를 감추려 할 사람으로 보이는 것인가?"

"송구합니다. 다만……."

"어찌 그 마음을 모르겠는가? 나조차 그분의 무덤 속에서 현천의 비급을 보았을 때 얼마나 당황했는지 모른다네. 세상에는 잘 알려지지 않았지만 본가 속문 출신으로 혜검의 끝을 보신 분이 계셨다네. 속명으로 백무연이란 이름이고 본문에선 그 이름을 기리며 백암이란 도명을 헌사하기도 했네. 무제나 그의 처인 지다성과 막역한 사이였다 기록되어 있는……."

남궁인으로선 전혀 들어 본 적도 없는 이름이었다.

물론 무당파 내에서도 그 속명을 기억하는 이가 전혀 없는 터이니 남궁인의 반응이 오히려 당연한 것이다.

"대체 어찌하여 그것이 무당에 전해져 왔는지 전혀 알 수가 없었다네. 솔직히 그 쓰임 또한 전혀 이해할 수가 없었다네. 자네가 찾아오기 전까지 말일세……."

"아……."

"자넬 통해 확인할 수 있었지. 현천의 법은 제왕검을 완성시킬 수 있는 상승의 공부라네. 이제라도 제 주인을 찾아주고 싶은 것이고……."

도성 무암 진인의 나직한 음성에 남궁인은 한동안 아무런 말도 하지 못하고 서 있을 뿐이었다.

너무나 많은 생각들이 교차해 무엇을 먼저 꺼내 놓아야 할지 분간할 수 없을 정도의 혼란이었다.

"무량수불! 천문의 끝자락을 조금이라도 읽게 되니 알게 되는 것들이 있다네……. 우리 이전을 살아갔던 수많

은 이인들의 흔적을 말일세. 무선은 삼천지란 이후의 강
호를 더욱 걱정해 현천의 법을 본문에 남겼으나 그 안배
조차 뛰어넘는 이들이 도처에 자신의 존재를 드러내고 있
다네. 인의(人意)를 한데 모으지 않고는 도저히 이 난국
을 헤쳐 나갈 수 없을 터, 부디 빈도의 뜻을 외면치 말아
주시게."

第六章

사천에서

사천(四川)은 이름 그대로 네 개의 강이 흐른다 하여 그런 이름 붙여진 곳으로 대륙의 동쪽에 치우쳐 있으면서도 결코 변방으로 치부되지 않는 곳이었다.

　네 개의 강 중 대륙의 젓줄이라 할 수 있는 장강의 발원지가 바로 사천이며 북으로는 청해, 감숙, 섬서와 닿아 있고 서쪽으론 호북, 호남이 그리고 남으로는 운남까지 길이 뚫리지 않는 곳이 없으니 그 너른 땅덩이를 감히 변방이라 치부할 수 없는 것이다.

　전국시대 촉(蜀)이 사천을 중심으로 대륙을 도모할 수 있었던 것 역시도 사천 지역이 능히 대륙의 중심이 될 수 있는 여건들을 갖추었기 때문이었다.

특히나 그 사천의 중심인 성도는 과거로부터 지금껏 번성 일로를 걸어 황도 이상의 영화를 누려온 유서 깊은 도시였다.

그 때문에 변란이 쉬 일던 곳인지라 명의 황실에서도 언제나 많은 병력을 상주시키며 면밀히 주시하는 곳이 바로 사천 땅이었다.

그런 이유로 사천성에 중임을 맡아 부임하는 관리들은 조정 내에서도 막강한 권력을 지닌 이들이었다.

행정을 담당하는 포정사는 물론이요 군권을 움직이는 도지휘사 거기에 감찰을 담당하는 안찰사의 자리까지 모두 중앙의 요직과 견줄 수 있을 정도로 사천성 관부의 힘은 막강한 것이었다.

한데 요 근자에 들어 사천성을 움직이던 관부의 수장들 대부분이 중앙에서 파견된 금군에 의해 나포되어 참담한 모습으로 형옥에 갇히는 일이 벌어졌으니, 이 일로 성도뿐 아니라 사천 지역 대부분의 행정이 완전히 마비될 지경에 이른 것이다.

그도 그럴 것이 이제껏 관의 요직에 올라 있던 이들 태반이 태공공을 배후에 두고 매관매직으로 자리를 차지한 탐관오리들이었는데, 그 뒷배가 하루아침에 사라졌으니 이런 일은 비단 사천성에서만 벌어지는 것이 아닌지라 온 천하가 다 들썩일 수밖에 없었다.

거기다 그들 관리들에게서 막대한 돈을 지불하고 사들인 전매권이 하늘로 날아갈 지경에 처하자 거대 상단들이 연일 관청을 찾아 억울함을 호소하는 등 혼란에 혼란을 더해 가는 시기였다.

조정의 약속을 믿고 전매권 매입에 거금을 투자한 상단들이 아직 본전의 반도 뽑지 못한 상황이었다.

한데 전매권 백지화에 대한 이야기가 도처에서 흘러나오기 시작하니 날벼락도 그런 날벼락이 없다는 생각이었다.

그러한 대륙의 사정은 사천이라고 해서 다를 것이 없었다.

사천 최대의 거상이라는 성도상련에서 백공염(白貢鹽: 천연 소금)의 전매권을 얻기 위해 지불한 비용이 황금 수천 관에 이른다고 하는데 그 돈이면 성도 전체를 다시 지을 수 있을 정도의 막대한 자금이었다.

대륙에 널리 유통되는 해염(海鹽)과 달리 사천의 백공염은 빛깔이 좋고 그 짠맛의 깊이가 더해 일반 해염보다 서너 배는 높은 값으로 대륙 전역에 팔려 나가는 사천 최고의 특산물이었다.

하니 그 백공염의 전매권을 얻기 위해 성도상련이 지

불한 비용이 어마어마한 것은 당연한 일이었고, 전매권 백지화 소식에 상련 소속 상인들이 난리가 난 것 또한 어쩔 수가 없는 일이었다.

반면 그러한 소식에 그간 굶어 죽기 직전의 상황에 처한 수많은 소상인들이나 타 지역과 행상을 오고 가는 것으로 먹고사는 보따리장수들이 기뻐 반기는 것 역시 당연한 일이었다.

하나 아직은 명확한 조정의 칙령이 발표된 것은 아닌지라 상련은 상련대로 백공염의 유통을 독점하기 위해 필사의 노력을 다해야 했고, 소상인이나 행상들은 굶어 죽지 않기 위해 몰래 백공염을 빼돌리느라 끊임없는 소란이 일었다.

한데도 이를 해결해야 할 포정사 휘하 관청들은 그 수장이 언제 파견될지 기약조차 할 수 없는 상황에 처해 있는 것이다.

그것은 사천의 상황만이 아니라 대륙 전역에서 벌어지고 있는 일이니 포정사가 새로 부임해 오기 전 최대한 투자했던 자금을 회수해야 하는 상련의 입장에선 더더욱 눈의 불을 켤 수밖에 없는 상황이었다.

이에 상련에선 동원할 수 있는 모든 무력을 동원하여 소상인들을 핍박했고 그 과정에서 다시 수많은 이들이 피해를 보고 있는 실정이었다.

하나 누구 하나 감히 성도상련에 반기를 들 수 없는 것은 그들이 주장하는 전매권의 권리가 아직까지 유효한 탓도 있었지만, 그들이 동원하는 무력이 강호에 뿌리를 둔 이들인 이유였다.

강호상에 사천무림이란 말이 따로 있을 정도로 무인들의 세력이 번성한 곳이 사천 땅이니 평범한 소상인들이나 보부상들이 어찌 감히 그들을 부리는 상련의 힘에 대응할 수 있겠는가.

특히나 성도상련이 최근 몇 년간 급작스레 성장할 수 있는 뒤편에는 청성파와 점창파 그리고 아미파의 은밀한 지원이 있었음을 모르는 이가 없는 실정이니 누구 하나 나서 그들의 처우에 반기를 들 수가 없는 실정이었다.

과거의 시절이라면 이를 충분히 견제해 주고도 남았을 사천당가가 가주 암왕의 죽음과 오수련의 와해라는 악재 속에 은인자중하는 터이니 더더욱 성도상련의 전횡을 제지할 수 있는 이를 찾아볼 수 없는 상황이었다.

그런 이유로 성도의 동문 대로변에 위치한 상련의 본단 앞은 연일 시끄러운 마찰이 계속될 수밖에 없었다.

이미 값이 천정부지로 올라 버린 백공염이지만 그거라

도 구해 거래하지 못한다면 몇 배의 위약금을 물어야 하는 처지의 소상인들은 그나마 상황이 나은 편이었다.

그만큼 큰 이문이 남는 것이 백공염의 거래인지라 과거 관부에서 이를 구해다 팔던 시절 이를 거래하며 제법 축적해 둔 재산들이 있었기 때문이었다.

하나 보부염상이라 불리는 행상들은 소금 한 자루 등 지게에 짊어지고 다리품을 팔며 이 고장 저 고장을 떠도는 것으로 연명하던 이들이었다.

그런 보부염상들이 열 배가 넘게 뛰어 버린 백공염의 값을 지불할 수도 없을 뿐더러 설사 구한다 해도 내다 팔 곳을 찾을 수 없음이 분명했다.

사천 땅 전체에서 그러한 보부염상으로 먹고 사는 이의 수가 근 일만(一萬)을 헤아리니 다시 그들이 부양해야 할 가족들의 수까지 더한다면 이 일로 아사 직전에 처한 이의 수가 천정부지로 뛸 수밖에 없는 것이다.

민심은 점차 흉흉해졌으며 죽기 전 발악이라도 해 보리란 마음으로 삼삼오오 모여든 장사치들의 수가 하루가 다르게 늘어 가는 실정이었다.

하나 아무리 그 수가 기백을 넘어서고 또 천 단위에 이르렀다 해도 성도상련의 반응은 냉담하기만 했다.

상련의 총단 안팎을 지키는 호위무사 백여 명이 전부

였다. 하니 모여든 보부염상들이 일시에 폭동이라도 일으
킨다면 커다란 사단이 일어날 것 같은 분위기였다.

"제발 물건을 주십시오."

"한 가마니만! 여기 분명 은자를 가져왔잖습니까."

몇몇 상인들이 총단의 정문 앞에 주판을 들고 있는 배
불뚝이 중년 사내를 향해 애원했다.

그러나 배불뚝이 사내는 코웃음을 치며 사내들을 외면
했다.

"어허, 최소 거래 단위가 다섯 포대라 하지 않았나. 그
리고 금일 오전 다시 가격이 올랐네. 그 돈으론 반 포대
도 못 사."

"대인! 어찌 소금 값이 또 오른단 말입니까. 분명 은자
열닷 냥이라 하지 않았습니까?"

"허허! 이 친구, 장사치라는 이가 시세라는 말도 모르
나? 귀해졌으니 당연히 가격이 오르는 것이지. 비켜 서
게. 행상이 나설 시간이니……."

"대인! 제발……."

애원하는 사내의 음성에 배불뚝이 사내가 인상을 잔
뜩 찌푸리더니 옆에 선 호위무사에게 한 소리를 내뱉었
다.

"뭐하는 것이냐? 길을 막은 것들을 치우지 않고."

사내의 말에 건장한 체구의 사내들 여럿이 위압감을 뿜어내며 나섰고 그 살벌한 기세에 애원하던 장사치 중 하나가 슬그머니 뒷걸음질을 치기 시작했다.

하나 나머지 한 명은 어찌해서라도 소금을 얻어야겠다는 듯 배불뚝이 사내 앞에 무릎까지 꿇고 앉았다.

"제발 부탁드립니다. 대인."

"허허, 이런 한심한 인간들을 봤나. 은전이 그만큼 있으면 어디 가서 곡물이라도 구해다 팔면 될 것 아닌가? 왜 죄 없는 우리들 앞에 와서 이런 난리야. 뭐하느냐? 치워버리지 않고."

중년 사내의 노성에 앞서 나섰던 무사들 중 하나가 사내의 목덜미를 붙잡고 번쩍 들어 올렸다.

그 어마어마한 악력에 화들짝 놀란 것은 물론 사태를 지켜보던 다른 이들 역시 움찔할 수밖에 없는 상황.

"보내 줄 때 곱게 가시오. 그간 행패 부리던 이들이 어찌 되었는지 소문은 들었을 것 아니오?"

나직한 호위무사의 으름장에 장사치의 안색이 파리해졌다.

이들이 얼마나 무서운 인간들인지 그 소문만으로도 충분했기 때문이었다.

이 앞에서 팔다리가 부러진 이의 수를 다 헤아릴 수가

없다는 것은 그나마 약과였다. 이를 참지 못해 몰래 상련의 담장을 넘었다는 남문 염상패 오십이 쥐도 새도 모르게 야산에서 시신으로 발견된 일은 이미 퍼질대로 퍼진 이야기였다.

그런 소문을 들은 이들이 어찌 감히 성도상련의 무사들에게 대들 생각을 할 수나 있겠는가.

결국 끝까지 배불뚝이 사내를 향해 애원하던 장사치는 원독 어린 말을 남기며 발걸음을 돌릴 뿐이었다.

"평생을 나고 자라 배운 게 소금 장사뿐인데 어찌 다른 걸 할 수 있겠소. 내 곡물을 팔아 이문을 남길 줄 안다면 어찌 이 앞에서 애원하고 있겠소. 결국 이 돈이 떨어지면…… 이 돈이 떨어지면 그때 내 식구들은 어쩌란 말이오……."

사내의 애처로운 음성이 흘러나오자 상련 앞에 삼삼오오 모여 그저 눈치만 살피고 있던 많은 염상들 모두가 부르르 몸을 떨었다.

그의 처지가 자신과 다르지 않음을 알기 때문이었다.

그들이 할 줄 아는 건 오직 백공염 장사뿐이었다.

몇 대를 이어 오며 그 일을 배우고 행한 이들이 대부분인지라 다른 걸 할 수 있다는 생각도 못해 봤다.

대부분 선대부터 각기 정해진 고을과 정해진 사람들에

게 백공염을 거래하는 것으로 먹고 살아온 터라 다른 길을 찾을 수가 없는 것이다.

더더군다나 자신들의 방문이 늦어지면 값싼 해염을 구입할 것이 뻔한 일, 그리하면 언젠가 다시 백공염의 값이 떨어진다 해도 내다 팔 곳을 잃게 되는 처지인 것이다.

하니 더더욱 이 일에만 매달릴 수밖에 없는 처지들인 것이고…….

"어디서 날도둑 놈들만 몰려와 이렇게 속을 썩이나. 물건을 사려거든 제 값을 내야지, 이런 도리도 모르는 망종들 같으니라고……."

배불뚝이 사내의 저열한 음성이 수백 명에 달하는 염상들의 귓가로 또렷이 전해졌지만 그저 움찔움찔 분노하며 몸을 떨 뿐 누구 하나 일어서 대드는 이를 찾을 수가 없었다.

때마침 총단의 정문이 활짝 열리고 우마가 이끄는 수레가 끝없이 밖으로 밀려 나왔다.

각기 수십 가마니의 백공염을 실은 우마차의 행렬이 이어지자 그 주위를 맴돌던 보부 염상들의 눈빛이 더욱 절박하게 변하기 시작했다.

하나 그것도 그저 잠시의 일일 뿐, 우마차를 좌우로 호위하는 보표들의 날선 기세와 살벌한 눈빛들 아래 그저 할 수 있는 일이라곤 침을 꼴딱꼴딱 삼키는 것이 전부일 뿐이었다.

그렇게 기나긴 우마차의 행렬과 보부염상의 탄성 어린 눈빛이 교차되는 동문 대로 어느 한편에서 이 같은 일들을 말없이 지켜보는 사내가 있었다.

무더운 날씨 때문인지 그도 아니면 다른 이유 때문인지 양팔이 다 드러나는 녹색 무복 차림의 연후가 그곳에 있는 것이다.

그런 연후의 곁으로 역시나 비슷한 빛깔의 연녹색 경장을 곱게 차려입은 당예예가 다가섰다.

"여기 계셨네요. 말도 없이 나가셔서 한참이나 찾아다녔어요."

그녀의 말에 골똘한 표정으로 우마의 행렬을 바라보던 연후가 입을 열었다.

"무슨 일이 있습니까? 어쩐 일로 소생을 찾으신 것인지?"

"휴, 또 그렇게 고리타분한 말투. 반드시 고쳐야 한다고 하지 않았습니까."

"죄송합니다. 아직 습관이……."

"또 그러신다. 이번 지부 대회의 일이나 그 후 천목산

을 생각해서라도 공자께선 반드시 그 유생의 태를 벗어야
만 합니다. 아시죠? 검마의 진정한 정체가 유가장의 후예
란 사실이 퍼질 대로 퍼졌다는 것을⋯⋯."

당예예의 말에 고개를 끄덕일 수밖에 없는 연후였다.

나름 유생의 복장과 무복 차림을 번갈아 하며 행적이
드러나지 않도록 조심한다고 했지만 그건 그저 연후 혼자
만의 착각이었다.

과거 섬서 땅에서 몇 번 하오문을 들락거린 일과 북경
에서 벌인 일이면 자신의 정체가 유가장의 후인이라는 것
을 드러내는데 충분할 정도의 사건이라는 사실을 연후 혼
자만 몰랐던 것이다.

더구나 벽마란 사다인의 악명이 높아 가면 높아갈수록
더더욱 검마의 정체를 캐기 위한 눈들이 많아진다는 것을
몰랐던 것 역시 실수였고, 태공공의 일은 비단 황실뿐 아
니라 강호의 수많은 이들과 이해관계가 얽혀 있는 일인
터라 그 철저한 내막이 조사될 수밖에 없는 사안임을 간
과한 탓이었다.

그녀 당예예와 동행하여 사천으로 향하는 사이 자신의
정체가 황금 수백 냥짜리 정보가 되어 강호 곳곳에 뿌려
졌다는 것을 뒤늦게야 알게 된 것이다.

오죽 그 소문이 퍼졌으면 당가의 문턱을 넘자마자 수

많은 암기들을 막아 내느라 진땀을 빼야만 했던 것이
다.

　다행히 당예예의 위치란 것이 결코 가벼운 것이 아닌
지라 그녀의 중재로 최악의 상황에 놓이지는 않게 되었
다.

　물론 그 과정에서 그녀가 꺼낸 말은 당가의 서슬 퍼런
암기 공격보다 더욱더 연후를 뜨악하게 만든 일이긴 했지
만 말이다.

　"여기 계신 모두들 소녀가 아직까지 본가의 소가주 자
격을 지녔음을 잊지 않으셨을 겁니다. 하니 숙부님들보다
제 계승권이 앞서는 것도 아실 테지요? 그런 소녀의 지아
비 되실 분이십니다."

　그 한마디에 살기를 줄기줄기 뿌리던 당가의 무인들이
일제히 놀란 토끼 눈을 떴고 연후 또한 별반 다른 반응을
보일 수가 없었다.

　그때서야 어째서 그녀가 지난 여정 내내 당가에 가도
아무런 일도 벌어지지 않을 것이라 자신했는지 조금은 이
해할 수 있게 되었다.

　"물론 제 능력이 본가의 중임을 맡기에 턱없이 부족
함을 알고 있으니 소녀는 이분을 따라 출가를 할 것이
며, 당연히 가주 계승에도 뜻을 두지 않고 있습니다. 하

나 만일 제 지아비 되실 분께 무슨 일이 생긴다면 소녀
는 결국 당가의 과부로 늙을 수밖에 없을 것입니다. 그
리되면 숙부님들이나 여러 가문의 어르신들께서도 많이
불편하시겠지요? 하니 제발 더 이상의 소란은 없었으면
합니다."

똑 부러지는 음성으로 당가의 식솔들을 침묵시키던 당
예예의 모습은 곁에 있던 연후를 다 얼떨떨하게 만들 정
도였다.

그런 연후에게 그 와중에도 은밀히 전음을 남기는 것
을 잊은 않은 여인이 바로 당예예였다.

"걱정 마세요. 책임지란 말 안 하니까요."

그렇게 연후가 사천 땅에 들어온 것이 벌써 달포가 넘
게 흘렀다.

그 후 연후는 그녀가 마련해 준 후원의 거처에 머물며
더없이 바쁜 나날을 보냈다.

그러면서 연후가 가장 많은 시간을 보낸 곳은 당가의
정보를 총괄하는 암영각(暗影閣)의 서고였다.

그리고 그곳엔 연후가 원하던 중살에 대한 정보는
물론이요 이제껏 생각지도 못했던 많은 정보들이 있었
다.

그중엔 모친이 검한마녀라 불리게 된 사연이나 그녀가 강호에서 벌인 살행의 흔적들까지 낱낱이 기록된 것이 있을 정도였다.

물론 어느 정도 이상의 비밀스런 정보나 은밀한 기록 같은 것들만 따로 모아 두는 비고가 있다는 것도 알게 되었지만 거기까지는 욕심을 부릴 수가 없다는 생각이었다.

암영각의 정보만 해도 외인에게 절대 공개되지 않는 것이라는데 당예예에게 더 이상 무리한 부탁을 할 수는 없다고 판단한 것이다.

하여간 이곳 사천까지 온 주목적인 중살에 대한 정보만큼은 차고 넘칠 만큼 얻었다는 것에 충분히 만족하게 된 연후였다.

그러고 나서야 확신할 수가 있게 되었다.

중살과 구대문파의 관계를.

중살은 구대문파를 위해 움직이는 것이 맞지만 정작 그 수혜자는 중살의 존재 자체를 알지 못한다는 사실, 그것이 암영각의 모든 정보를 취합해 연후가 내린 결론이었다.

이제껏 중살이 강호에서 벌인 모든 살행은 구대문파에 막대한 영향을 주는 일들과 관계가 있음을 확인한 이상 의심의 여지가 없었다.

이러한 연후의 추측은 연후 혼자만의 것이 아니라 당예예는 물론이요 그간 중살을 추적해 온 많은 무인들이 공통적으로 내린 결론이었다.

중살은 구파를 위해 일한다.

하지만 정작 구파는 중살과 아무런 관계가 없다.

때문에 구파에게 중살의 실행에 대한 책임을 물을 수 없다.

구파 역시 앞장서서 중살을 잡으려 하기 때문이다.

도성과 불성이 나서고도 잡지 못한 중살을 누가 나서서 잡을 수 있겠느냐.

할 수 있으면 당신들이 해 봐라.

이러한 논쟁이 벌써 몇 해째 되풀이되는지도 모를 정도이며 이제 와선 그러한 일을 언급하는 이조차 거의 없는 실정이라고 했다.

하니 연후가 해야 할 일은 한 가지였다.

구파의 존망과 안위가 결정될 정도로 크나큰 영향을 미친다는 이번 무림대회에 반드시 중살이 올 것이란 생각이었다.

당연히 그들을 잡기 위해선 천목산에 가야만 하는 것

이다.

또한 그 과정에서 자신의 행적이나 정체가 드러나서 좋을 일이 없었다.

중살이란 이들 역시 은밀히 움직일 터인데 먼저 정체를 드러내 놓고 다닐 이유가 없는 것이다.

거기다 알게 모르게 벌써 많은 적을 만들어 버린 연후였으니 더 이상 불필요한 악연들을 맺고 싶지 않은 탓이었다.

연후가 유생 차림을 버리고 무복을 걸치게 된 것에는 그런 이유가 있었다.

여하간 각 성에서 열린다는 무림 지부의 선발대회까진 두어 달도 남지 않았으니 그동안 완벽한 무인의 모습을 보이기 위해 꽤나 노력을 하고 있는 중인 것이다.

그런 와중에 오늘 성도상련 앞에서 벌어진 일들을 목도하게 된 연후는 다시 한 번 머릿속이 혼란스러웠다.

태공공만 없어도 조정과 대륙이 모두 크게 평화로워질 것이란 생각이 얼마나 안일했는지를 눈앞의 상황들을 보고 깨우칠 수가 있는 것이다.

그가 조정을 좌지우지한 세월이 일 갑자가 넘었다는 것을 간과한 탓이었다.

그 기나긴 세월 동안 관부의 뿌리까지 철저히 썩어 들어갔으며 그로 인해 벌어지는 눈앞의 참담한 상황들을 보니 마음이 더욱 복잡할 수밖에 없는 것이다.

'괴개 어르신이나 그 도적들이 어떤 마음이었는지 이제야 알겠구나.'

무한의 관부를 습격해 전매되고 있던 무명 등을 훔친 괴개 일행들의 마음을 이제야 조금 알 것 같은 기분이었다.

당시만 해도 아무리 관부가 잘못했기로서니 어떻게 도적질을 할 수가 있느냐는 생각을 지우지 못했던 연후였다.

한데 눈앞에 참담한 백성들의 모습을 보니 그런 방법을 써서라도 도울 수만 있다면 저들을 돕고 싶은 마음인 것이다.

"백성들의 옷가지를 빼앗고, 백성들의 먹을 것을 빼앗고, 백성들의 논과 밭을 빼앗아 팔아먹는 권세 앞에선 항변조차 하지 않는 이들이 감히 내 앞에서 공명정대함을 논한단 말이냐!"

대별산에서 무당파의 도인들에게 창노한 음성을 내뱉던 부친의 모습이 흡사 지금 자신을 꾸짖고 있는 것 같아 연후의 마음은 더욱 복잡하기만 했다.

그때 당예예가 조심스럽게 입을 열었다.

"저들이 저렇게 무도한 일을 벌이게 된 것에는 저희 당가의 책임이 크답니다."

연후가 의아하다는 눈빛을 내보이자 당예예가 나직한 한숨을 내쉬며 말문을 열었다.

"사실 몇 년 전까지만 해도 저들 성도상련은 상계에 이름도 내밀 수 없을 정도로 영세한 이들이었습니다. 사천의 상권 대부분을 움켜쥐고 있던 천하상단이 건재하던 시절이었으니까요. 그 천하상단의 사천지단을 그나마 견제할 수 있었던 유일한 곳이 본가가 소유한 당문회(唐門會)였습니다."

뜻밖의 말에 연후가 조금 놀란 얼굴을 하자 당예예의 나직한 한숨 소리가 흘러나왔다.

"휴, 유 공자께서도 아시겠지만 단목세가와 함께 천하상단이 몰락한 일로 본가와 당문회는 호남으로 그 터를 옮겼습니다. 사천 땅만을 도모하기엔 본가의 욕심이 너무 컸던 탓입니다. 무주공산이 되어 버린 천하상단의 이권을 노린 것이지요. 물론 헛물만 켠 셈이 되었지만 저희 당가의 눈이 그렇게 밖으로 나도는 동안 저들 성도상련이 자리 잡은 것입니다. 그리고 그 배후에 사천의 무문들이 있구요."

"사천의 무문이라면?"

"청성과 점창, 아미를 일컫는 말이지요. 모두 성도와는 제법 떨어진 거리에 위치한 곳이지만 그 속가의 문하들이 오래도록 성도에 터를 잡아 왔으니 이보다 좋은 기회는 없는 것이었지요. 천하상단의 몰락에다 당문회의 눈이 밖으로 나돈 일은 그들에게 그야말로 천재일우의 기회였던 것이지요. 솔직히 지금 본가에는 저들을 견제할 금전적 여력이 없는 처지랍니다."

당예예의 말에 연후의 고민이 더욱 깊어져 갔다.

이제껏 강호란 곳은 일반 백성들이 살아가는 세상과 동떨어진 곳이라고만 생각했는데 꼭 그런 것만은 아니라는 것을 알게 된 것이다.

그런 생각이 들자 연후의 눈빛이 한 차례 매섭게 빛났다.

연후의 눈은 길게 이어지고 있는 성도상련의 행렬을 쏘아보고 있는 것이다.

"유 공자님?"

갑작스레 변한 연후의 눈빛에 당예예가 놀란 음성으로

연후를 불렀다.

그제야 연후의 눈빛이 본래대로 돌아오며·평소의 신색을 되찾았다.

"아! 아닙니다. 가시지요. 한데 오늘은 또 무엇을 가르쳐 주실 것인지요?"

"글쎄요. 어제에 이어서 객잔에서 강호인들을 만날 때의 대처법이 어떨지요?"

"그거라면 충분히 이해했다고 여겨집니다만, 저 또한 한때 객잔에서 제법 큰 소란을 겪은 적이 있습니다."

"은자방 십귀의 일을 말하시는군요? 난중표국과 얽힌……."

"흠…… 그런 것들도 벌써 알려진 것입니까?"

"강호에 비밀은 없는 법이지요. 특히나 그것이 검마란 별호를 얻은 이의 과거 행적이라면 더욱더……. 여하간 오늘 일러드릴 것은 제법 중요합니다. 이름 난 객잔이라면 강호인들이 모여드는 것이 당연하며 당연히 불필요한 마찰도 잦은 곳이 바로 그곳이니까요."

"허…… 객고의 여정을 쉬기 위한 곳에서 왜 그런 일들을 벌이는 것인지……."

연후가 설레설레 고개를 젓자 당예예의 목소리가 높아졌다.

"또! 그런 말투. 절대로 어울리지 않는다 하지 않았습니까. 자꾸 그러시면 역용을 하실 수밖에 없습니다. 텁석부리 수염에 칼 자국 같은 걸 얼굴에 내고 싶으시진 않으시지요?"

"흠…… 알겠소. 여하간 당 소저 호의에 진정 감사드립니다."

"뭘요. 다 나중에 유 공자님의 덕을 보자고 하는 일인데요. 이렇게까지 해드리는데 설마 모른 척이야 하실려구요."

농담처럼 이어지는 그녀의 음성이 그저 빈말이 아닌 진심임을 알지만 그마저도 듣는 이에게 부담 없이 전하는 그녀의 재주라는 것을 이제는 잘 알게 된 연후였다.

물론 그렇게 지내다 보니 어느새 할 수 있다면 당연히 그녀를 돕는 것이 도리란 마음을 먹게 되었지만 그렇다고 연후가 사천당가의 일에 그녀 편이 되어 나서겠다는 것은 아니었다.

어디까지나 그녀의 조모와 부친 사이에 얽힌 악연의 매듭을 풀어 주겠다는 생각일 뿐.

그리고 그전에 오늘 일을 겪으며 한 가지 비밀스런 일을 계획하게 된 것 역시 그러한 생각들에 기반을 둔 것이었다.

'결국 저들이 강호의 무리들과 다르지 않다고 한다 면……'

성도상련의 기나긴 행렬을 슬쩍 바라보는 연후의 눈에 한 차례 희미한 기광이 일었다 사라졌다.

解決士

第七章

비사(秘事)

절강 땅 북쪽 경계에 위치한 천목산(天目山)은 동천목
과 서천목으로 나뉘어 불릴 만큼 웅장한 산자락을 이루고
있었다.

　북으로는 그 줄기가 막간산을 거쳐 황산까지 이어져
있을 정도로 거대하며, 동으로는 그 끝자락이 항주에 이
를 정도로 어마어마한 산락이 바로 천목산인 것이다.

　예로부터 절강의 하늘이라 불리며 무수한 전설을 간
직한 곳이 바로 천목산이며, 그곳은 강호를 살아가는
무인들에게도 더없이 특별한 장소로 기억되는 곳이었
다.

　무수한 강호의 전설 중 영웅탑(英雄塔)의 전설이 잠들

어 있는 천목산, 그로 인해 오랜 세월 강호의 성지로까지 추앙받았던 곳이었으나 무수한 세월이 흘러 이제는 그 흔적조차 남아 있지 않은 곳으로 변해 버린 곳이 바로 천목산이었다.

하니 영웅탑이 있었다는 천혼애나 그것을 세웠다는 귀곡산인에 대한 이야기, 그리고 그곳에서 최후의 순간 벌어졌다는 믿지 못할 대혼란의 이야기 같은 것들은 그것이 정말로 실존했던 역사였는지에 대한 의문마저 불러일으킬 만큼 모호한 것들 되어버린 실정이었다.

하나 그럼에도 몇 가지 정설처럼 굳어져 내려오는 것이 있는데 영웅탑을 손수 무너뜨린 이가 바로 염왕도제 단리극이라는 것과 그가 이곳에서 최후를 맞이했다는 것만은 틀림없는 사실이라 전해지는 것이다.

물론 그 과정에서 그가 내보인 끔찍한 능력은 그를 환우오천존의 일인으로 기록되게 만든 것이고.

기록에 의하면 당시의 강호는 삼마의 난 때 입은 상처를 회복하느라 안간힘을 쓰고 있던 때였다고 전해진다.

한데 마존이라고까지 불린 단리극과 그를 추종하는 무리에 의해 다시 회복될 수 없을 정도의 타격을 입었으니 그 처절한 역사의 장소로 기록된 이곳 천목산은 무림인들에게도 절대 잊힐 수가 없는 장소로 남게 된 것이다.

물론 그것은 어디까지나 수백 년 전의 과거의 일일 뿐, 현재에 이르러 그곳에 무림왕부가 축성되고 있지 아니 하다면 그저 역사적 의미밖에 둘 수 없는 곳이 또한 천목산이었다.

하나 무림왕부의 축성과 이곳에서 벌어진다는 영웅대회 소식은 강호인들 뿐 아니라 천하의 이목 모두를 집중시키기에 충분한 사건이었다.

자그마치 황성의 위용과 견줄 수 있을 정도라는 무림왕부를 산속에 짓는 어마어마한 대공사였다.

거기다 영웅대회가 벌어지는 중추절 이전에 완공을 목표로 움직이니 얼마나 많은 이들이 동원되는지 그 수를 다 헤아리기 힘들 정도였다.

대륙 전역에 전매권을 팔아 모은 자금을 일시에 쏟아부어 벌이는 그 대공사를 혹자들은 시황의 장성의 축조나 수나라의 운하 건설에 필적하다 평할 정도였으니 천목산 일대가 전부 뒤집어지고 있다고 해도 과언이 아닌 지경인 것이다.

이미 완공하여 그 위용을 갖춘 여러 채의 전각들은 물론이요 주변 곳곳에서 산을 깎고 땅을 뒤집느라 분주한 인부들의 수만 해도 족히 수십만을 헤아릴 정도였다.

그러한 광경을 맞은편 산봉우리 끝에서 말없이 내려다 보는 사내들이 있었다.

혁무린과 골패륵, 그리고 울며 겨자 먹기로 동행하게 된 암천이 그들의 정체였다.

평소와 달리 말없이 협곡 아래 분주한 현장을 그저 바라보고만 있는 혁무린인 터라 골패륵이나 암천 모두 조용히 있을 수밖에 없었다.

그렇다고 해도 과묵하게 무린을 따르는 골패륵과 암천의 입장이 같을 수는 없었다.

'대체 내가 왜 여기까지 이 사람들을 따라와야 하는 거냐고!'

자신은 음자대의 대주였다.

세가 재건의 기치를 올리고 힘찬 도약의 날을 준비해야 하는 시점에 뜻하지 않게 무린을 따라 나서게 되었으니 입술이 한 사발이나 튀어나올 수밖에 없는 것이다.

"대주 아저씨! 그런 표정 지으면 너무 속이 보이잖아. 아저씨한테도 절대 나쁜 일은 아니니까 걱정 말라고."

때마침 무린의 음성이 이어지자 암천이 그동안 꾹꾹 눌러 왔던 울화를 터트렸다.

"혁 공자! 그래도 이건 아니지요. 초 어르신이나 혁 공자의 가친께 받은 은혜는 분명 크나큰 것이지만 제가 단목세가 사람인 것은 그것과 다른 일이지 않습니까? 한데 소가주께 저를 내어 달라 하시다니요. 지금이 얼마나 중요한 시기인지 잘 아시면서 어찌……."

암천은 노골적으로 싫은 기색을 드러냈지만 무린은 그저 피식 웃을 뿐이었다.

"하하! 뭐 잘못 생각하는 거야. 제가 아저씨를 달라고 한 게 아니라구."

"네엣?"

"정 믿지 못하겠다면 돌아가서 물어봐. 누가 아저씨를 제게 붙였는지를. 참, 그 아가씨 고집 하나는 알아줘야겠네."

무린이 절레절레 고개를 젓자 암천도 무언가 짚이는 바가 있었다.

"하면 설마 연화 아가씨께서……."

"아마도 그렇걸. 겨우 겨우 떼어 놓았더니 떡 하니 아저씨를 붙여 논 겁니다. 아저씨 사람 쫓는 거 하나는 기가 막히잖아?"

무린의 말에 암천은 그야말로 똥을 씹은 얼굴이 되어 버렸다.

'아! 어쩌자고 이 암천이 매파 역할이나 하고 있단 말이더냐!'

자신의 처지가 더더욱 한심해지는 터라 암천의 내심은 자책으로 가득해져 갔다.

"그렇게 나쁠 것도 없잖아. 이렇게 역사의 현장에 있다는 것만 해도 나름 의미가 있으니까."

"일 없습니다. 그래 봐야 돈 지랄이 아닙니까? 대체 관부 녀석들 무슨 생각인 것인지……."

"하하하! 눈앞에서 벌어지는 일 말고. 우리가 밟고 선 이곳, 바로 여기가 역사의 현장이란 소리야."

"네?"

암천의 무슨 소리냐는 말과 눈빛에 무린이 발로 지면을 가볍게 구르며 입을 뗐다.

"여기! 이곳이 바로 천혼애라구. 도제 단리극이 이곳에서 있던 영웅탑을 뿌리째 뽑아 저 아래쪽으로 내던진 바로 그 장소."

마치 그때의 일을 본 것처럼 손짓 발짓을 섞어 가며 재현하자 암천이 믿기 힘들다는 표정을 지었다가 이내 쉽게 납득해 버렸다.

정확한 기록은 아니라지만 대략 그 사건이 벌어진 시대적 배경이 남송이 세워질 무렵이니 최소로 잡아도 오백 년이 넘은 일이었다.

불과 백 년, 이백 년 전의 진실로 날조되고 뒤집히는 것이 강호의 생리이고 보면 무린의 말을 어찌 쉽게 믿을 수가 있겠는가?

하지만 그것이 또한 망량겹조의 후예인 무린의 말이기에 믿지 않을 수도 없는 암천이었다.

"사실 여기 일은 부친이 아니라 어머니 쪽에서 벌인 일이야."

"네?"

"여기 영웅탑을 세운 이들이 내 모친의 하수인들이었거든."

전혀 예상 밖의 이야기에 암천의 눈이 동그랗게 떠졌다.

그러거나 말거나 무린은 씁쓸한 얼굴로 말을 이어 갔다.

"언젠가 아저씨한테 말했지? 아버지가 인정한 가장 강한 세 사람. 그중 알 수 없던 하나가 바로 내 모친이었어. 아마 들어 보신 적 있을 걸? 성모(聖母)라는 이름을……"

"아……"

암천이 나직한 탄성을 내뱉었다.

전설이 기록하는 삼천의 주인 성모, 삼천지란의 중심에

그녀가 있었으며 그녀를 벤 것이 바로 무제라는 이야기는 지다성녀가 남긴 기록들로 인해 널리 알려진 이야기였다.

그러자 암천이 화들짝 놀랐다.

그때 죽은 엄마에게서 태어난 것이 무린이라면 이 인간이 도대체 몇 살인가 하는 생각이 든 것이다.

'아니지, 그 얼음 속에 있던 여자가 분명 혁 공자의 모친이라고 하지 않았던가? 대체 어떻게 된 거야!'

암천의 머릿속이 점점 더 복잡해졌다.

분명 무린이 망량겁조의 가슴에 박힌 혈마도를 뽑으며 그 옆에 누워 있던 여인을 자신의 모친이라고 했다.

'그럼 설마 죽은 시신과 방사를 해서 혁 공자가…… 허걱!'

아무리 망량겁조라고 하지만 설마 그런 일이 있을지도 모른다는 생각만으로 화들짝 놀란 암천이었다.

그런 온갖 잡생각들에 머리가 터져 버릴 것 같은 암천을 보며 혁무린이 혀를 찼다.

"아이고, 아저씨. 이상한 상상 좀 하지 마. 내가 누누이 이야기하잖아. 아저씨는 선천의 법을 얻는 순간 이미 자부의 사람이 된 것이라고. 그러니까 이런 비밀도 알려 주는 거구."

무린의 말에 암천이 꼴딱 침을 삼켰다.

"결국 나빴던 건 어머니였어. 아버진 순진한 쪽에 가까웠다고 해야 할까나. 사실 최초의 자부는 일맥으로 내려온 것이 아니거든. 세상의 법은 균형과 조화에 있음이 당연한데 어찌 모든 힘을 하나로 모아 두었겠어. 한데 문제는 그 둘이 조화가 아닌 분쟁을 택했다는 거지."

무린의 이야기가 짐짓 무거워짐에 따라 암천의 표정도 일변했다.

무린의 분위기가 이렇게 바뀔 때면 그의 입에서 쉬 믿기 힘든 비사들이 흘러나온다는 것을 이미 몇 차례 경험했기 때문이었다.

"치우와 황제의 전쟁이라 기록된 것 이전의 서왕모와 자부선인의 대립이 바로 그 시발이었지. 원인은 의외로 간단했어. 무지한 사람들에겐 분별의 힘이 떨어지니 이들을 통제하고 다스려야 한다는 의견과 그것은 천도가 아니니 인간의 법이 자생할 때까지 개입하지 말아야 한다는 쪽의 싸움이었어. 참 길고 힘든 싸움이었다고 전해져. 결국 숱한 세월이 흘러 승리한 쪽은 천도의 본류를 따르려던 선인들 쪽이었지. 하나 그 과정에서 이미 세상엔 수많은 종류의 힘이 전해진 후였어. 그때를 상고시대라 하고 또 당시 존재했던 이면의 세계를 상고무림이라 부르는 것이고……"

무린의 이야기가 이어지면 이어질수록 암천의 눈은 휘 둥그레졌다.

얼핏얼핏 전설 속에서나 등장했던 이름들이 자부와 얽혀 간간히 흘러나오는 통에 정신을 차리기 힘든 지경인 것이다.

암천 스스로 옛날에 공부 좀 해 둘 걸 하는 후회가 들 정도로 알 수 없는 이야기도 섞여 있었다.

어찌 되었던 계속되는 무린의 이야기가 익히 들어 알고 있는 진시황의 시대에까지 이르자 암천의 눈빛도 초롱 초롱 빛나기 시작했다.

"……그 즈음이 바로 부친이 세상에 나오신 때야. 서왕궁의 후예들이 완전히 사라졌다 믿은 부친은 자신에게 주어진 일이 별것 없다고 생각해 버렸어. 그럴 수밖에 없었던 것이 부친은 그때 너무나 어렸거든. 지금의 나보다도 훨씬 더……."

무린이 마치 그때의 부친이라도 된 양 잠시 말끝을 흐리자 암천이 조심스레 되물었다.

"일전에 말씀하시길 자부의 전인은 기억까지도 이어받는다고……."

"응 맞아. 한데 이대째라 할 수 있는 천왕께선 그걸 부친께 남기지 않아 버렸어. 어린 부친이 감당하기엔 무리라 생각했던 거지. 피로 얼룩져 버린 천 년의 기억들을 누가 감당할 수 있었겠어. 하니 단지 문서로 남겨 후일을 기약한 것이지. 결국 그게 독이 되어 버렸지만……."

무린의 이야기는 그 뒤로도 담담히 이어졌다.

부친이 모친을 처음 만난 이야기, 그리고 그녀가 서왕궁의 마지막 후예였단 이야기나 그녀의 의도적 접근을 전혀 눈치 못 챈 아버지에 대한 원망까지 그 푸념은 한참이나 계속되었다.

"솔직히 어머닌 아버지께서 도저히 감당할 수 없는 사람이었어. 그때 강호의 주축 세력이었던 천비팔문(天秘八門)이라는 곳을 이미 암중에 지배했을 뿐 아니라, 최초의 황제 시황마저 조종해 천하일통을 부추기고 그로 하여금 불로장생의 약을 구하게 만들었던 여인이니까. 그런데도 아버진 어머니의 정체를 꿈에도 짐작치 못했으니……. 진짜……. 휴……."

무린의 한숨을 따라 암천도 절로 숨을 몰아쉬었다.

자신이 기억하는 망량겁조의 그 무시무시한 모습과 무린의 이야기 속에 나오는 그 부친이란 존재가 도저히 동일인으로 여겨지지 않을 정도였다.

'하긴 천 년이나 살기 전의 일이라 하니……. 흠……. 그러고 보니 진나라 시황 때면 천 년보다 훨씬 전의 일 아닌가? 아 씨, 맞나? 진즉 공부 좀 하는 건데. 여하튼 망량겁조의 나이가 천 살이 넘었다는 건데, 분명 천 년이 한계 수명이라고 하지 않았었나?'

암천의 머릿속은 제대로 알지 못하는 과거의 역사와 더불어 몇 가지 의문들이 빠르게 교차했지만 당장 무린에게 궁금한 것을 물을 수 있는 분위기는 아니었다.

"뭐 어쨌든 그 후로 많은 일들이 벌어지긴 했지만 아저씨한테도 다 이야기할 수 없는 이야기들이야. 정말 중요한 건 어머니가 그 사이 벌인 일들 때문에 엄청난 재앙이 불어닥쳤다는 거야. 흔히 망공독황이라 불리는 그 인간이 망균을 만들어 세상에 터트려 버린 거지. 그건 정말 어머니나 아버지 누구도 예상하지 못했던 엄청난 재앙이었지."

무린의 말에 암천이 눈을 동그랗게 치떴다.

강호를 멸망시켰다고 전해지는 망공독황의 전설에 관한 이야기인지라 그 궁금함이 목구멍까지 치밀어 오른 것이다.

"사서에는 시황제의 명에 따라 노생과 후생이 선남선녀 오백과 함께 불로초를 구하기 위해 바다로 떠났다고 기록되어 있지만 실상 그들은 모두 사밀지학의 희생양이 되어 버린 것이야. 알지? 얼마 전 연후 손에 죽은 환관이

익힌 그거?"

"아!"

"노생이 아비였고 후생이 그 자식이었는데 사밀지학을
완성한 노생의 힘을 모조리 빼앗아 버린 것이 내 어머니
야. 우린 한 번 보면 바로 펼칠 수 있지만 서왕궁 쪽은
죽여서 흡수하거든."

무린의 말에 암천이 다시 한 번 흠칫했다.

이미 무린의 그 기이한 능력을 몸소 보았기에 당연히
납득할 수밖에 없는 이야기였다.

"결국 노생은 죽었고 후생은 살아남아 복수를 꿈꿨지.
그 후생이 바로 망균이란 것을 만든 거야. 당시만 해도
그게 어떤 원리로 사람과 사람에게 전해지는지 전혀 몰랐
어. 그러니 순식간에 대륙 전체에 퍼져 버린 것이
고……."

"대체 망균이란 것이 무어라고 강호를 멸망시킬 수 있
단 말입니까?"

참지 못하고 이어진 암천의 반문에 무린이 가볍게 답
했다.

"고뿔 같은 거라고 생각하면 돼요."

"네?"

"사람과 사람 사이를 옮겨다니지. 바람을 타고……."

"하지만 고작 그런 걸로……."

"아니 이게 정말 무서운 거야. 인간의 눈으론 절대 볼 수 없어. 심지어 부친의 능력으로도 몸 안에 들어온 후에야 알 수 있을 정도로 작아. 정말 신기한 건 이놈들이 살아 있다는 거야. 거기다 천지간에서 가장 순수한 기운만을 먹고 엄청난 속도로 불어나는 종자들이고."

무린의 말을 온전히 이해하기 힘든 암천은 어안이 벙벙한 표정만을 지어 보였다.

"우리들이 흔히 내공이라고 말하는 그게 놈들의 식량 같은 거야. 한 줌의 내공이라도 지녔다면 놈들의 먹이가 되지. 물론 그 내공이 없어지는 거 빼곤 아무런 위해도 없으니 범인들에겐 전혀 무해하기도 하고……."

"어떻게 그런 것이 있을 수가?"

"확실히 그걸 만들어 낸 후생이란 자에 대해 존경심이 일어날 정도야. 여하간 그 망균으로 세상이 변했어. 당시 강호를 지배하던 천비팔문이나 그 뒤에 있던 모친은 더 이상 힘을 쓸 수 없게 되었지. 그 덕분에 그간 종처럼 부려먹던 무인들이나 관군, 심지어 일반 백성들에게까지 처참히 쫓기는 신세가 되었으니까. 그 무렵 내 어머니란 여자는 시황이 보낸 자객에게 죽을 정도의 상처를 입었어. 시황은 자신의 불로초를 빼돌린 일에 대해 엄청나게 분노했었거든. 그래서 결국 숨은 곳이 아버지의 곁이었지."

"그렇다면 혁 공자의 부친께서도 그 망균이란 것에……."

"응. 중독될 수밖에 없었다구. 하지만 자부의 힘은 하단전에만 있는 게 아니거든. 그리고 그 하단전조차 보통의 내공과는 다른 형태이기도 하고. 망균이 커지는 것만큼 더 큰 힘을 충족할 수 있으니까. 아저씨도 알잖아? 비워지고 채워지는 시간의 간극이 없는 것이 선천지기의 진정한 묘라는 걸."

무린의 말에 암천은 고개를 끄덕일 수밖에 없었다.

암천이 망량겁조를 만나 얻은 것이 바로 그 힘이기 때문이었다.

이제 겨우 어른의 주먹만큼이나 커진 힘.

내공 수위로 치자면 반 갑자가 조금 넘을까 말까 한 정도의 힘일 뿐이었다.

하나 이 힘은 과거 암천이 지녔던 내력과는 전혀 달랐다.

아무리 써도 줄지 않거니와 아무리 사용해도 순식간에 채워지는 놀라운 공능을 지녔다. 이것이 영물들이나 지닐 수 있다는 내단 형태의 내력을 지닌 암천의 비밀이었다.

"쑥스럽지만 그 무렵 내가 만들어졌어. 휴…… 아저씨 도대체 날 몇 살이라고 해야 할까?"

무린의 말에 암천은 다시 한 번 소스라치게 놀랄 수밖에 없었다.

대관절 그게 말이나 되는 소리냐는 표정.

"어머닐 살리자면 어쩔 수가 없었던 거야. 그때쯤 아버지도 뭔가 이상하다는 것을 알았지만, 아까도 말했지만 아버진 어머니 말이라면 그냥 곧이곧대로 믿을 만큼 순진했으니까. 일전에 아저씨가 봤던 한빙옥관은 자부의 보물 중의 보물이야. 그 속에 잠들면 아무리 오랜 시간이 지나도 육체가 보존되거든. 물론 그런 사실을 어머닌 벌써부터 알고 있었고. 거기다 이혼(離魂)의 술법까지도 완전히 터득한 후였으니……"

무린의 착잡한 음성에 암천은 그저 눈만 동그랗게 뜨고 있었다.

"결국 아버지는 세상에 나가 어머니의 부탁을 들어주셨지만 그 사이 어머니란 여자의 혼은 숙주를 타고 멀고 먼 어딘가로 사라져 버린 뒤였어. 천비팔문의 생존자들과 함께……. 물론 그때까지도 아버지가 그저 멍청이였던 것만은 아니었어. 왜 일전에 초노의 시신을 살피던 능력 기억해? 사념을 읽을 수 있는?"

"······!"

"잠든 어머니의 육체에서 모든 진실을 알게 된 아버지는 죽을 만큼 분노하고 원망했지만 그래도 어쩔 수가 없었어. 그때 이미 내가 어머니의 육신 안에 있었기 때문이지. 물론 어머닌 그것까지도 예상했을 정도로 무서운 여인이었구. 그러니 영혼만 남아서도 성모라는 이름으로 강호를 그토록 오랜 세월 주무를 수 있었던 것이겠지만······."

거기까지 이야기가 이어졌을 때 암천은 물론 내내 움직임이 없던 골패륵마저 한 차례 몸을 떨었다.

"아버지가 그때 뭐하고 있었냐고 묻는다면 정말 답하기에도 챙피하네. 그냥 잠들어 있었어. 세상에 퍼진 망균을 온전히 자신의 몸 안으로 죄다 끌어 모은 여파는 대단했거든. 근 오백 년쯤이나 잠든 상태로 몸 안에 들어온 망균들과 사투를 벌어야 했지. 그리고 다시 깨어났을 때는 벌써 두 번째 강호가 만들어져 있던 시기였어. 온전히 어머니가 지배하던."

"두 번째 강호라니요?"

"별로 아는 사람이 없어, 그 시절은. 그걸 모조리 지워버린 것이 아버지니까. 물론 어머니에 대한 복수 때문이지만 솔직히 그때 무슨 일이 있었는지는 나도 잘 몰라.

그 기억만은 꼭꼭 봉인해 두었으니까. 다만 상고무림과 달마와 소림으로 대변되는 중원 무림의 시작점 사이의 큰 간극이 바로 그 일 때문이라는 것만은 틀림없어. 왜지다성녀가 언급했다는 망량의 저주가 바로 그 시절이니까."

"아……."

암천의 나직한 탄식에 무린이 히죽 웃었다.

"좀 웃기지? 한 남자의 가정사에 강호의 운명이 왔다 갔다 했다는 게……. 그래서 내가 아버지니 어머닐 별로 좋아하지 않는 거라구. 물론 나 자신조차 때때로 원망하는 것이기도 하구. 그래도 어쩌겠어? 내가 원해서 이렇게 태어난 것도 아니니까, 뭐 최소한 아버지처럼은 살지 말아야지 하며 사는 것이지."

"하면 이곳 영웅탑은 대체……."

"세세한 이야긴 나중에 신강으로 오면 다 알려줄께."

"그게 언제라고……."

"한 백 년쯤 후에?"

"……."

"다만 요 영웅탑 이면에 숨겨진 진실도 별로 아름다운 이야기가 아니라는 것만 알아 둬. 실제로 여길 무너뜨린 건 도제 단리극이 아니라 어리디어린 무선이었으니까. 그

때부터의 강호의 주인은 한동안 무선이라고 하는 게 옳
아."

"네?"

"그가 공령의 도를 얻어 자부를 찾기까지 한 일은 정
말 엄청나. 이 강호를 이만큼 다시 만든 건 온전히 무선
그 사람의 작품이었으니까. 그런 무선을 어머니께 보내
버린 아버지도 참 너무하셨지. 물론 지금은 어느 정도 이
해할 수 있긴 하지만……."

무린의 머릿속으로 부친에게서 전해진 과거의 기억이
선명히 떠올랐다.

"너는 내 고통을 알고 베어 줄 수 있겠느냐?"

"그 법을 알았으나 잊었소이다. 사람으로 남고자 했기
때문이오."

"명쾌하구나. 너라면 대신해 줄 수 있으리라 여겨지는
구나. 나는 할 수 없기에 네게 청한다. 북빙해로 가라. 어
쩌면 그곳에서 네가 인간으로 남은 천명을 얻을 수 있을
것이다."

부친과 무선 진명의 마지막 조우, 그 후로 삼천지란이
일어날 때까지 홀로 모친과 싸워 온 이가 바로 무선이란

존재였다.

그가 익힌 진경의 극의 공령(空靈)의 도란 그만큼 무한한 힘을 지닌 것이었다.

물론 당대에 진경을 익힌 이가 그 경지에 달하지는 못했을 것이라 생각하는 무린이었다.

그랬다면 팔계의 축이 뒤틀리는 것을 느꼈을 것이기 때문이었다.

등선지경에 이르러 입계를 거부하고 인간으로 남은 자가 바로 무선, 그리고 지금 현재를 살아가고 있는 진경의 후인 역시 오래지 않아 그 뒤를 따를 수도 있다는 생각이었다.

그것이 언제가 될 것인지는 정확히 알 수 없었다.

당장 오늘이 될지 아니면 백 년 후가 될지.

깨달음의 때는 시간의 길고 짧음으로 판별 나는 것이 아니기 때문이었다.

하니 그전에 그를 만나 그 힘을 회수해야만 하는 것이다.

그가 만일 온전히 공령의 도를 이룬다면 무린 역시 쓰지 말아야 할 힘을 써야만 하기 때문이었다.

그것이 무린이 중원을 떠돌아야 하는 이유이며 자부의 전인으로 태어나 행할 마지막이며 유일한 책무라 생각하는 것이다.

그런 이유로 무린의 분위기가 자못 심각해졌을 때 암천은 암천 나름 머릿속이 복잡하기만 했다.

'진짜 이러다가 나중에 나도 신강 땅에 붙들려 살아야 하는 건가? 아, 그러긴 정말 싫은데…….'

만날 때마다 백 년 뒤 백 년 뒤 하는 무린의 말을 점점 더 흘려들을 수 없게 된 암천이었다.

그럴 즈음 무린이 갑작스레 신형을 돌려 골패륵을 바라보았다.

"어때 싸워 보고 싶지 않아?"

난데없는 물음에도 불구하고 골패륵은 두 눈을 빛냈다.

"허락해 주신다면……."

골패륵의 답에 무린이 만족한다는 듯 웃었다.

"그래 한 번 나가서 맘껏 싸워 봐. 흑천회의 북명신공이라면 충분히 겨룰 자격이 있으니까. 사실 나도 궁금하거든. 나 빼고 누가 제일 셀지 말이야. 아저씨도 원하면 할래?"

무린의 느닷없는 말에 화들짝 놀라 손을 내젓는 암천이었다.

"하긴 아저씨의 혼검(魂劍)은 그림자니까, 그냥 죽이는 거라면 몰라도 비무는 좀 그럴 거야……. 여하간 좀 즐기

자구. 누가 이런 무대를 만들었는지를 말야. 제발 진경을 이은 그자의 작품이면 좋겠어. 여기서 깔끔하게 다 정리해 버리게. 그래도 뭔가 왜 이렇게 찝찝한 기분인 건지……"

　무린의 나직한 음성이 천목산의 단애 한편에서 나직하게 이어지고 있었다.

第八章

칠성절(七星節)

태공공의 죽음과 함께 격동하기 시작하는 대륙의 혼란 속에서 몇 달의 시간이 흘렀다.

　그와 함께 여름의 강렬한 태양이 대륙을 녹음으로 물들이는 시기를 맞았으며 그 혹독한 더위와 함께 강호의 모든 무인들을 들썩일 수밖에 없게 만드는 날이 코앞에 이르러 있었다.

　칠성절, 대륙의 각 성에 자리한 지부에서 열리는 무림 지부의 선발 대회가 불과 열흘밖에 남지 않은 날이 도래한 것이다.

　하나 외려 구대문파와 오대세가는 물론이요 제법 이름줄이나 날린 역사를 가졌다는 명문 거파들은 의외로 조용한 움직임을 보일 뿐이었다.

'겉으로 드러나기에 바쁜 것은 그간 소외당하던 정사 중간의 무인들이나 흑도니 사파니 하며 매도당하던 무인들 뿐인 것으로 보였다.

하나 그 속사정을 들여다보면 전혀 달랐다.

속이 타들어 갈 정도로 마음이 급한 것은 외려 명문 거파라 칭해지는 이들이었다.

그것은 소림이라고 예외일 수가 없었다.

"아미타불! 화산의 장문인이란 자가 정녕 그리 말했다는 것이오?"

장문인 원경의 말에 당대 소림제일승이라는 나한전의 전주 원공 대사가 나직한 음성을 내뱉었다.

"장문 사형! 신검이 속내를 드러낸 이상 어쩔 수가 없사옵니다. 본사도 최선을 다해야 할 것입니다. 부족하지만 제가 금강들을 이끌고 산문을 나서겠습니다."

원공의 말에 장문인은 물론 함께 배석한 팔대호원의 주지들 모두 참담한 표정을 지어야 했다.

사태가 그리 돌아가자 장문인이 장경각의 각주를 겸임하고 있는 원명에게 하문했다.

"배첩에 적혀 있던 본사의 무공이 정확히 몇 권이었는가?"

"일단 외부에 전수를 금한 것만 해도 역근과 세수의 진본을 포함하여 각기 칠십이종절예, 천불동에 들었던 선사들이 시대별로 남긴 나한진도해본 여덟 권이 있고, 백의전의 비술이 집대성된 의학서가 다섯 권입니다. 속가에게 전하는 나한기공류의 무공과 외문 무공들은 전부 논외로 쳤습니다. 필히 회수해야 할 비급만 총 여든일곱 권입니다."

비교적 젊다 할 수 있는 원명 대사의 음성에 자리한 모든 노승들이 탄식을 지우지 못했다.

"허, 하면 결국 그 무림왕이란 웃지도 못할 자리에 앉지 못한다면 그것들이 외인의 손을 탄다는 말인 것을……."

장문인 원경은 참담한 마음에 차마 말을 다 맺지 못할 정도였다.

때마침 다시 나한전주가 나섰다.

"아주 방법이 없는 것은 아닙니다. 최후의 십육인에 든 이들에게 우선적으로 열 권의 비급이 내려진다고 하니 본사도 하북을 떠나 다른 곳에 제자들을 파견하여 여덟 자리를 차지한다면……."

나한전주의 말에 원경 대사가 전에 없이 노성을 내뱉었다.

"사제! 어찌 불자가 그리 참담한 마음을 먹는단 말인

가? 강호의 뜻을 모아 사태를 해결해야 함이 소림의 위치임을 정녕 잊었다는 말인가?"

원경의 음성이 날카롭게 흘러나왔으나 동석한 팔대호원의 원주들은 그 말에 전혀 동의할 수가 없다는 얼굴이었다.

"장문 사형! 사태를 냉정히 보셔야 할 것입니다."

"그렇소이다. 화산의 장문이 저리 분별없이 나올 수 있는 것도 모두 그저 검 하나를 믿기 때문이외다. 또 화산만 그런 것이 아니질 않습니까?"

"그 말이 옳습니다. 본사나 구파가 받은 배첩은 달랑 한 장뿐이옵니다. 그 한 명 가운데 누가 무림왕이 되지 못한다면 본사의 비급이 어디로 팔려 갈지도 모르는 상황에 처해 있습니다. 하니 수단과 방법을 가리지 말고 최대한 많은 제자들이…… 아니, 필요하다면 천불동의 선사들을 움직이셔야 합니다."

"한 자리라도 더 많은 이가 올라야 하는 처지는 본사나 다른 문파들 역시 다를 것이 없을 것입니다. 아직 시간이 있습니다. 서두른다면 운남까지도 이동할 수 있습니다. 사대 금강을 모두 각 처에 파견하고 이곳에 있는 사형 사제들 모두가 가까운 지부로 움직여야 할 것입니다."

"아미타불! 어찌 그렇게까지……."

"참 답답하십니다. 이런 일에도 나서지 않을 거면 어이하여 평생토록 그렇게 소림의 공부에 매진하여 오신 것입니까? 아둔한 소승은 원공 사형과 함께 산문을 나서겠습니다."

팔대호원의 주지승들의 음성이 그렇게 높아만 가자 장문인 원경 대사의 시름도 더욱 깊어만 갈 수밖에 없었다.

이런 시기를 맞이하니 더욱더 실종된 불성의 그림자가 크게 느껴지는 것이다.

하나 원경 역시 소림 무학의 자부심만은 가득한 일대의 고승.

체면을 버리고 금강승과 호원의 주지들이 나선다면 결코 참담한 결과만은 없을 것이라는 생각이었다.

하나 그런 결정을 내리는 것이 쉽지 않았다.

황실이 강호의 세력들을 복속시키려는 뜻이 이토록 분명한데 어찌 그 뻔한 길을 택할 수 있단 말인가.

하나 도저히 벗어날 수가 없으니 그저 답답함만 더욱 가중될 뿐이었다.

결국 한 발 물러서려다 더없는 나락으로 소림이 추락할 수 있음을 인정할 수밖에 없기에 힘겹게 입을 뗄 수밖에 없는 원경이었다.

"아미타불! 여러 사제들의 뜻이 그러하다면…… 사대금강 이하 팔대호원의 하산을 허하네. 이는 당대 소림의 장문령에 의한 것이니 부디 앞길에 무운이 깃들기를……."

                    *   *   *

귀주 땅은 예로부터 척박하기로 널리 알려져 사람이 살기 어려운 곳으로 유명했다.

대부분 험한 산자락이며 그나마 있는 땅이란 것도 작물이 자라지 않는 석회질이 가득한 토양이니 당연히 사람이 모일 수 없는 땅으로 알려져 있었다.

하여 원나라 이전까지만 해도 호광행성에 귀속되어 버려지다시피 한 지역이었다.

그 귀주가 갑작스레 번성하기 시작한 것은 영락제가 펼친 남만 원정 때문이었다.

영락제의 대군이 사천으로 돌아가는 일을 피하기 위해 귀주를 관통하여 남으로 이어진 길을 낸 것이다.

더구나 몇 차례에 걸쳐 이어진 남만 원정의 성공으로 인해 귀주는 운남을 거쳐 남만으로 통하는 물산의 요충지로 자리하게 되었다.

그런 과정을 거쳐 귀주의 성도로 자리 잡은 귀양은 현재에 이르러 수많은 장사치와 상단의 행렬이 끊이지 않는 곳으로 변해 번성일로를 걷고 있는 곳이었다.

하나 귀양 역시 중원 전역에 불어 닥친 영웅대회의 일로 들썩일 수밖에 없었다.

과거로부터 척박하기만 했던 귀주 땅이고 보니 유수한 명문 거파가 존재하지 않는 곳이 바로 귀주였다.

그런 차에 귀주의 번성과 맞물려 흑도니 사파니 하는 무인들이 너 나 없이 몰려들었고 귀양을 차지하기 위한 그들 세력 간의 아귀다툼이 끊이지 않았던 것이 사실이었다.

그 과정을 거쳐 현재 귀양 일대를 양분한 이들은 귀룡회와 철륜당이었다.

사실 귀주 밖으로는 이름도 못 내밀 정도의 고만고만한 이들이지만 적어도 귀양 일대에선 왕처럼 군림하는 이들이니 그저 무시만 할 수도 없는 이들이었다.

그러나 그 철륜당과 귀룡회의 싸움도 이제 완전히 끝난 것이나 다름없다는 이야기가 요 근자 귀양 일대에 빠르게 번져 가고 있었다.

얼마 전 철륜당의 당주가 자신의 아들을 점창파의 본산 제자로 보냈다는 소문이 돌기 시작한 것이다.

그 일로 귀룡회가 슬금슬금 철륜당의 눈치를 본다는 이야기나 귀주의 무림지부는 철륜당의 것이 될 것이라는 소문이 귀양의 상인들 사인에 이미 파다하게 퍼져 있는 것이었다.

하나 귀룡회가 그리 녹록한 곳은 아니었다.

겉으로는 숨죽인 척 있으면서도 뒤로는 회심의 반격을 노리고 있는 것이다.

그리고 그 비장의 한 수로 대단한 고수를 초빙해 둔 상태였다.

"도장께서 술은 아니 하실 테고 이 음식이나 한 번 드셔 보시지요."

귀룡회의 회주 고광덕이 살가운 음성으로 음식을 권했다.

산해진미니 진수성찬이라는 말로도 모자랄 만큼 어마어마한 음식들이 차려져 있었고 그 앞에는 청의 도복을 차려 입은 초로의 도인이 얼굴을 잔뜩 찌푸린 채 고광덕을 노려보았다.

그 눈빛만으로도 잔뜩 기가 죽은 고광덕의 이마로 땀이 삐질 흘러내릴 때 노도인의 음성이 이어졌다.

"내가 누군지 알고 있는가?"

"그저 고명하신 청성의 도인이라는 것만……."

"허허! 내 자네에게 이런 자릴 청할 이유가 없네. 노도는 그저 귀룡회 소속으로 나서 천목산으로 가는 열 명에 뽑히는 것이 목적일 뿐이니."

노도인의 말에도 고광덕은 살갑게 웃으며 넙죽 고개부터 숙였다.

"물론입지요. 그저 그 과정에서 철륜당의 애송이들을 제대로 손 봐 주시길 바라는⋯⋯."

잔뜩 비위를 맞추며 이어지는 고광덕의 음성.

솔직히 비루먹게 생긴 노도인이 청성파 출신만 아니라면 기가 죽을 이유도 없다는 생각이었다.

아니 청성의 이름이 있고 들인 돈이 있으니 어느 정도 밥값만 해 주어도 좋으리란 생각이었다.

고광덕이 원하는 것은 그저 귀룡회의 이름으로 철륜당의 참가 고수를 없애 주기만 하면 되는 일이었다.

이번 지부에서 벌어지는 비무대회는 생사결이 허락되는 것은 물론이며 심지어 암기나 독까지 허락된다고 알려져 있었다.

하니 평소 눈엣가시 같던 철륜당주의 목을 취할 절호의 기회인 것이다. 그라면 틀림없이 비무에 직접 참가할 것이니 이보다 좋은 기회는 없다고 생각했다.

그저 눈앞의 노도인은 자신이 원하는 일만 해 주면 되

는 일이라 여긴 것이다.

그런 생각에 빠져 있던 차라 고광덕은 노도인의 눈빛에 차가운 한광이 발하기 시작한 것을 알아채지 못했다.

순간 노도인이 갑작스레 탁자를 후려쳤다.

쾅!

순간 상다리가 휘어질 정도로 차려졌던 음식들이 접시째 허공으로 떠올랐다 다시금 아래쪽으로 우수수 떨어져 내렸다.

한데 놀랍게도 음식들 모두가 흐트러짐 없이 제자리로 떨어져 내린 상황, 잠시 헛것을 본 것이 아닌가 하는 생각에 고광덕의 눈은 몇 번이나 끔뻑거렸다.

"본도가 분명 후일 청성의 이름으로 보은하겠다 하였으면 그저 믿으면 될 일이네. 감히 흑도의 종자 따위가 노도를 앞세워 사리사욕을 챙기겠단 것인가? 나 천우(天牛)가 그리 우습게 여겨지는가?"

노도인이 자리를 박차고 일어서자 이내 쩌저적 소리가 나며 탁자가 갈라졌다.

그리고 이내 거대한 탁자가 안쪽으로 무너지며 여기저기 접시가 깨지고 음식들이 뒤엎어지며 난장판이 벌어져 버렸다.

고광덕은 그저 마른침만을 꿀꺽 삼켰다.

말로만 듣던 절정의 내가 고수, 내력이 대체 얼마나 심후하기에 한 상 가득한 음식을 허공에 띄우는 것으로 모자라 한 자 두께의 원목 탁자를 손바닥 하나로 두 쪽 낼 수 있는지 모르겠단 생각이었다.

그렇게 연신 침만 꼴딱꼴딱 삼키는 고광덕을 향해 노도인의 차갑기만 한 음성이 이어졌다.

"정녕 노도에게 원하는 것이 있더냐?"

스스로 천우라는 도명을 밝힌 노도인의 살벌한 음성에 고광덕은 그저 바닥에 엎드려 머리를 조아릴 뿐이었다.

"죄송합니다! 다시는, 다시는 헛소리를 입 밖으로 내지 않겠습니다!"

고광덕이 머리를 바닥에 찧은 채 몇 번이나 바닥에 처박자 천우 도장이라는 노도인이 나직하게 혀를 찼다.

"허허, 어쩌자고 이런 오욕의 길에 들어선 것인지. 하나 어찌할까, 사문의 비원을 모른 체할 수도 없으니……."

고광덕의 귀에는 그저 신선의 중얼거림으로 들리는 음성이었다.

"노도가 입을 무복과 그저 검 한 자루만 준비하면 될

일이네. 이만 물러가게나."

"알겠습니다. 아니, 당장, 당장 대령하겠습니다."

고광덕이 황급히 일어서 나가려는 순간 다시금 노도인이 그를 붙잡았다.

"하나 명심해야 할 것은. 본도와 청성의 관계가 발설되는 날 귀룡회란 이름은 더 이상 남아 있지 못할 것이란 사실일세."

너무나 담담하지만 그 살벌한 기운만은 뼛속까지 전해지는 기분이었다.

하여 고광덕은 고개도 들지 못하고 뒷걸음질 쳐 평소 자신이 사용하던 숙소를 벗어나야 했다.

그러고도 한참이나 조용히 걸음을 옮겨 귀룡회의 정문을 나서고 나서야 험악한 인상을 가감 없이 드러냈다.

"이런 젠장! 곰 새끼 잡으려다 호랑이를 불러들이다니. 니미럴, 내가 미쳤지. 정말 미쳤다고 황금을 수백 냥을 청성까지 보냈어!"

분노와 허탈감을 그대로 쏘아내는 고광덕을 향해 때마침 두 명의 수하들이 조심스레 다가왔다.

사실 수하라고 하지만 친형제들이나 다름없는 이들이었다. 칼 품을 파는 무인으로 떠돌다 죽이 맞아 이곳 귀양에 자리 잡은 이들이며 지난 세월 동안 숱한 죽음을 함께 넘겨 온 형제 이상의 정이 있는 이들이었다.

"회주님! 어찌 되었습니까?"

"표정을 보니 결과가 좋지 않으신 것 같습니다."

두 사내의 조심스런 음성에 고광덕이 슬쩍 화난 표정을 지으며 입을 열었다.

"아우들. 혹시 청성파 천우란 도명 들어 봤나?"

사내 둘은 고개만 갸웃거렸다.

오랜 세월 강호를 떠돌고도 살아남은 두 사람이니 결코 식견이 낮은 이들이 아니라 믿는 고광덕이었다.

한데도 처음 듣는 이름이라면 별로 세상에 그 이름이 알려진 이가 아니라는 것이었다.

"오늘 온 늙은 말코의 별호가 천우라 합니까?"

"그렇네. 솔직히 이제껏 본 적이 없는 고수였어."

"하면 우리에겐 좋은 일이 아닙니까?"

"하나만 알고 둘은 모를 소리. 적당한 놈을 보내 줘야 어르고 달래서 부리지. 철륜당의 곰 새끼 이야긴 꺼낼 수도 없었어."

"하면 그냥 헛돈 쓴 거 아닙니까? 근 일 년 수입을 모조리 청성에 보냈는데……."

세 사내의 이야기가 거기서 잠시 멈추었다.

그렇게 이야기를 나누는 세 사람, 귀룡회주 고광덕과 그를 따르는 두 수하를 혈겸삼살(血鎌三殺)이라 불렀다.

각기 쌍겸을 쓰는 세 사람의 합겸술은 대단한 것으로 정평이 나 있어 실질적으로 그들 셋의 힘만으로 귀룡회를 이만큼이나 키운 것이다.

그들 셋이 도합 여섯 자루의 사슬낫을 뿌리며 펼치는 합공은 능히 명문의 일류 고수 하나를 감당하고도 남을 정도이니 귀양 일대에선 당해 낼 이가 없는 것도 사실이었다.

하나 개개인의 무위는 모두가 고만고만해 혼자라면 삼류를 간신히 면해 이류 소리나 들을 정도였다.

사실 그 정도만 해도 범인들에겐 무시무시한 무력이었지만 그것이 어디 가서 칼 맞고 죽기에 딱 좋은 수준임을 혈겸삼살 그들 스스로도 잘 알고 있었다.

실력을 과신하지 않는 것, 그것이 강호에서 오래 살아남는 법임을 오랜 낭인 생활로 뼛속 깊이 각인해 놓은 이들이 바로 혈겸삼살이었다.

하니 홀로 나서 무를 겨루는 지부 대회에 나간다는 것은 꿈도 꾸지 않는 것이다.

그런 이유에 큰돈을 써 청성파 고수를 영입했다.

당연히 목적은 철륜당 당주의 목을 치는 것이었다.

놈의 아들이 점창파의 본산 제자가 되었으니 그 자식
놈이 되돌아오면 귀양은 그대로 철륜당의 것이 될 일이
었다.

점창파의 비호를 받는 철륜당과 무슨 재주로 싸워 나
갈 수 있겠는가.

벌써부터 보호비를 납부하던 상인들이 등을 돌리기 시
작했으니 이대로 두면 귀룡회의 끝이 뻔히 보일 지경이었
다.

하니 그전에 승부를 내야 한다는 생각을 했다.

그리고 차려 놓은 밥상처럼 비무대회가 열린 것이다.

한데 그렇게 초빙한 청성파의 고수는 전혀 딴생각을
하고 있으니 그저 답답하고 또 답답할 뿐이었다.

사실 혈겸삼살에게 천목산은 꿈도 꾸지 않는 곳이다.

이곳 귀양만 해도 수많은 사람들이 있고 귀주만 해도
터무니없이 큰 땅이었다.

이곳에서 죽을 때까지 지금처럼만 살면 족한 것이 그
들 세 사람의 진심이었다.

한데 이제 그마저도 지켜내기 힘들다는 것을 느끼고
있으니 맥이 풀릴 수밖에 없었다.

"속 풀려면 일단 술이나 한잔하시죠."

"그럴까? 아우들."

"하하하! 오늘 기분 좀 풀어드리겠습니다. 화화원의 삼봉 모두를 전세 내는 게 어떻습니까?"

"그거 좋은 생각이다. 회주님의 절륜한 정력이라면 셋 모두를 동시에 꺼꾸러트리고도 남을 것이다."

"크하하하. 좋지 좋아! 가자구. 화화원으로……."

고광덕을 비롯한 혈겸삼살이 화화원 앞에 이른데 걸린 시각은 채 일각이나 될까 말까 한 짧은 시간이었다.

하나 그들의 분위기는 조금 전 시시껄렁하던 모습이 완전히 사라진 상태였다.

"대체 이게 무슨……."

화화원 인근에 도착하자마자 들려오기 시작한 병장기 소리가 전에 없이 흉험했기 때문이었다.

더구나 그 소리들은 도저히 가까이 다가갈 엄두가 나지 않을 정도로 살벌했다.

아니나 다를까 화화원 밖에는 평소 귀양 일대에 힘깨나 쓴다는 무인들이 꽤나 모여 담장 안쪽의 상황을 주시하고 있는 터였다.

하지만 그 모습이 오히려 더욱 이상한 것이었다.

그런 이들 중에 철륜당의 당주이자 귀주제일권으로 이름 높은 협웅권 노철심이 끼어 있기 때문이었다.

솔직히 노철심은 혈겸삼살 모두가 덤벼도 어쩌지 못할 고수 중에 고수였다.

비록 외가의 피라 하지만 그가 황보세가의 적통 무공을 이은 무인임을 알기에 겨뤄 볼 엄두도 내지 못하는 존재인 것이다.

물론 그 노철심조차 황보세가의 진짜 고수들 앞에선 그다지 대접받을 만한 수준이 아님도 분명했다.

그렇다고 해도 귀주 일대에서 한 손 안에 꼽을 만한 고수인 것은 틀림없는데 그 노철심조차 화화원 안에서 벌어지는 일을 넋이 나간 듯이 보고만 있는 상황인 것이다.

고광덕과 두 아우가 나타나자 노철심이 그들을 보며 묘한 눈빛을 보냈다.

어딘지 무척이나 처연한 눈빛, 귀양의 패권을 놓고 오래도록 싸운 적에게 보낼 수 있는 눈빛이 아니었다.

"고 회주와 쌍아겸 형제들 아니신가? 반갑네."

노철심의 전혀 뜻밖의 환대에 혈겸삼살 모두가 의아해했다.

"허허, 와서 보면 알 것이네. 우리는 정말 우물 안 개구리였음을⋯⋯."

힘없이 다시 고개를 돌리는 노철심의 곁으로 세 사람

이 다가섰고 그들의 눈동자는 그 뒤로 끊임없이 치 떨릴 수밖에 없었다.

화화원 안의 살풍경은 혈겸삼살에게도 그저 두려운 것일 뿐이었다.

검풍과 검기가 여기저기 치솟고 상승의 경공 절기들이 뒤엉키는 사이 무시무시한 장력과 권풍이 맞부딪히며 어마어마한 파공음을 터트리고 있었다.

하나같이 평생 한 번 보기 힘들다는 고절한 무공들로 보이는 것들, 거기다 그걸 뿌리며 싸워대는 이들은 이제껏 본 적도 없는 무인들이었다.

이게 다 무슨 일인가 싶어 눈만 멀뚱멀뚱 뜨고 있는 사이 노철심의 탄식 어린 소리가 이어졌다.

"애당초 우리 같은 이들의 자리는 없던 것이지. 그저 눈이 호강하는 것으로 족해야 할 일이야. 이참에 천목산으로 유람이나 떠날 준비를 해야겠어. 그곳엔 진짜들만 모이게 될 듯하니 말일세."

노철심의 이해할 수 없는 말들을 들은 고광덕은 그에게 묻지 않을 수 없었다.

"대체 누굽니까?"

"대충 내가 확실히 알아볼 수 있는 건 무당의 면장과 화산의 고죽수, 그리고 점창의 사일검법 정도네. 저기 창을 사용하는 여인은 아마도 언가의 식솔인 듯하고 저쪽 검을 쓰는 노인은 남궁가의 절기를 감추고 있는 듯하네만……."

너무나 엄청난 이야기인지라 다시 어안이 벙벙해진 고광덕. 그가 몇 번이나 침을 꼴딱꼴딱 삼킨 뒤 다시금 조심스레 입을 뗐다.

"저들이 왜 여기에 와서 저런 싸움을……."

"글세, 저들끼린 서로 잘 아는 사이인 듯하네. 서로 서로 무슨 약조를 깨었다고 목소릴 높이더니 갑작스레 싸움이 시작되더구먼. 같이 있다 횡액을 맞을까 얼른 자릴 피했지."

"……."

"자네도 들어 보았을 것이네. 지부를 거치지 않고 천목산으로 바로 갈 수 있는 배첩이 꽤나 나돌았다는 소식을. 하지만 그것만으론 구파와 오대세가가 만족하지 못한 듯하네. 분위길 보니 이런 일이 이곳에서만 있는 것이 아닐 것이야. 그러니 우리 같은 사람은 그저 구경하는 것으로 족해야지……."

노철심의 씁쓸하기 만한 음성에 고광덕이나 그 뒤를 따라온 두 아우 역시 고개만 끄덕거려야 했다.

한눈에도 눈앞에 벌어지는 무인들의 대결은 아예 차원이 다름이 느껴졌다.

저런 이들이 나온다는 지부의 대회, 참석할 생각을 하지 않은 것이 정말로 다행이란 생각을 지우지 못하는 고광덕이었다.

第九章

천목산을 향한 여정들

운남의 성도 곤명의 분위기는 내려쬐고 있는 뜨거운 햇살만큼이나 잔뜩 달아올라 있었다.

지부에서 열리는 무림대회가 막바지로 치닫고 있었기 때문이었다.

지부에서 뽑혀 천목산의 대회에 참가할 수 있는 이들의 수는 고작 열 명뿐이었다. 하나 참가자의 수가 삼백을 상회했으니 그 치열함이야 굳이 말로 설명할 필요가 없을 정도였다.

특히나 대회에 나선 이들이 펼친 기기묘묘한 절기들은 이를 보기 위해 몰려든 수많은 사람들을 더없이 열광하게 만드는 것들이었다.

특히나 대결이 막바지에 이르자 최후의 열 명 안에 들기 위해 그간 감춰 두었던 절기들을 아낌없이 꺼내 보이기 시작하자 그 대결의 양상은 더욱 치열해져만 갔다.

더더구나 벌써 여덟이 정해졌고 이제 남은 자리는 겨우 두 개뿐이었다.

그리고 그 두 자리 중 하나를 차지하기 위해 비무대에 선 이는 흑의를 입은 젊은 사내와 죽립을 쓴 정체 모를 여인이었다.

사내는 이절(二絕)이란 이름을 썼고 죽립 여인은 진화(辰華)라는 이름을 썼지만 그것이 가명이라는 사실은 누구나 알고 있는 상황이었다.

앞서 뽑힌 여덟 명의 무인들 역시 대부분 가명을 사용한 탓이었다.

하나 그들 중 몇은 사용한 무공으로 인해 출신이 들통 난 이도 있었다.

여하간 두 사람은 널따란 비무대 위에 마주 선 채 서로를 응시했으나 그들 사이에는 마땅히 있어야 한다는 참관인조차 없는 상황이었다.

단지 비무대 맞은편 상석에서 이 모든 일들을 주관하는 관리가 한 명 앉아 있을 뿐이었다.

그가 바로 이곳 성도 곤명의 관청 수장인 지부대인이었다.

그 지부대인이 눈짓으로 시작을 알리자 요란한 징 소리가 울려 퍼졌다.

그 소리를 신호로 서로를 향해 맹렬히 달려드는 두 사람.

사내가 먼저 검을 뽑았고 여인은 두 자루 단창을 앞으로 내지르며 사내의 검격을 맞이했다.

카캉! 카캉!

강렬한 불꽃과 함께 터져 나온 두 차례 금속음, 놀랍게도 뒤로 주르륵 밀려난 것은 검을 든 사내였다.

그는 아직도 떨림이 그치지 않은 검신과 눈앞의 담담한 눈빛의 여인을 번갈아 확인하며 고개를 끄덕여야 했다.

풍기는 기세와 그녀의 가명만으로도 어느 정도 그녀의 정체를 짐작한 탓이었다.

'멸진 사태의 다섯 번째 제자, 그 아미절창이라면 내 상대가 아니다. 어차피 사형과 사제가 자격을 얻었으니······.'

사내는 깔끔하게 자신의 패배를 인정했다.

"졌습니다."

그리 말하고 돌아서는 이를 죽립 속 여인의 눈이 조용히 뒤따랐다.

'복마삼절의 둘째였군. 무용은 약하나 삼절 중 으뜸이 둘째라 하더니……'

여인은 스스럼없이 물러나 준 사내의 뒤를 향해 고개를 숙이는 것을 잊지 않았다.

그가 끝까지 겨루고자 했다면 자신 역시 본신의 무력을 전부 내보여야 했을 것임을 잘 알기 때문이었다.

물론 상대 역시 자신의 정체를 고스란히 드러낼 수밖에 없었을 것이고.

그것을 피해 양보해 주었으니 당연히 고마운 마음일 수밖에 없는 것이다.

하산하기 전 반드시 배첩을 받아 와야 한다는 장문령을 받은 터라 마음이 무겁기만 했던 것이 사실이었다.

하나 이제 사문의 명을 완수하게 되었다는 마음으로 그녀는 한결 편해진 마음일 수 있었다.

'공동에 빚을 진 셈이로군요.'

하지만 그런 마음에 안주할 수가 없는 것도 어쩔 수 없는 상황이었다.

앞서 배첩을 받은 여덟 중 둘은 공동파 출신이 분명

했다.

그리고 다른 이들의 정체 역시 어느 정도 짐작할 수 있었다. 아미절창이란 별호와 함께 오래전부터 후기지수 중 최강이라는 십수의 하나로 꼽히던 그녀이기에 그 식견이 남다른 것이 당연했다.

그런 그녀조차 첫 번째로 배첩을 받은 인물에 대해 크나큰 두려움과 걱정이 일 수밖에 없었다.

스스로 천독문주라 밝힌 중년 사내.

그의 등장은 이곳에 모인 강호인들을 아연실색하게 만들었다.

흑천겁란 때 최후의 순간까지 항전하다 완전히 멸문해 버린 곳이 바로 운남의 패주였던 천독문의 과거사였다.

그런 천독문의 재등장도 놀라운 일이라 할 수 있지만 더더욱 놀라운 것은 스스로 천독문주라 밝힌 이의 정체가 천하상단의 운남 지단주라 알려진 인물 갈목종이었기 때문이었다.

그의 얼굴은 운남의 강호인이라면 모를 리가 없는 것이니 정체를 속일 수도 없는 터였다.

한데 그가 스스로 천독문주라 밝힌 것이니 한바탕 좌중의 소란이 크게 인 것은 당연했다.

그만큼 갈목종의 이름이 운남 일대에 널리 알려진 탓이었다.

하나 단지 그것뿐이었다면 좌중의 반응은 그저 놀라움으로 그쳤을 것이다.

오랜 세월 신분을 속이고 문파의 재건을 위해 절치부심해 온 인사들이 이 강호에 어디 갈목종 하나뿐이겠는가.

앞서 언급한 것들은 그저 운남 땅의 무인들이나 천하상단과 관계가 없는 이들에겐 그저 강호에 흔히 벌어지는 그런 정도의 이야깃거리일 뿐인 것이다.

하나 좌중이 모두 진정으로 경악할 수밖에 없었던 것은 그가 비무를 시작했을 때였다.

망공의 후예를 자청한다는 천독문의 독공은 그야말로 명불허전이었다.

그와 마주 선 상대들 중 두 호흡을 견딘 이가 없을 정도였다.

그제야 갈목종의 진정한 정체가 드러나게 되었다.

일흡폐공산(一吸閉功散), 그것은 오직 칠패 중 독마(毒魔)라 불리던 대살성만이 사용할 수 있다는 독문독공이었다.

독마의 등장, 사실 칠패란 그 이름들은 몇몇을 빼고 그저 전 시대의 망령 정도라 치부되는 이름들이었다.

최근에 모습을 드러낸 괴개와 중살을 제외한 검한, 식혈, 광승, 도왕, 독마까지 모두 근 이십 년간이나 모습을 드러내지 않았기 때문이었다.

그 칠패 중 하나가 다시 세상에 나왔다는 말은 모두의 심경을 복잡하게 만들기에 충분한 것이었다.

이러한 일은 비단 이곳 운남에서만 벌어지는 것이 아닐 터, 오랜 세월 숨죽여 있던 거마효웅들이 움직이기 시작해 결국은 천목산으로 모여들 것을 생각하면 걱정이 앞설 수밖에 없는 것이다.

아미절창이란 별호를 지닌 여인의 얼굴에 쉬 지울 수 없는 그늘이 생긴 것은 그러한 앞날에 대한 수많은 걱정 때문이었다.

그녀가 단상에 올라 아홉 번째 배첩을 받고 거기에 자신의 이름을 적어 넣는 동안 지부대인이란 자가 슬쩍 탐심 어린 눈을 주었지만 그녀의 눈에서 폭사된 안광에 부르르 몸을 떨어야 했다.

실로 꿈에 나올까 두려운 모습, 어찌하여 강호의 여인들은 여인이 아니라는 말이 나돌았는지 확실히 깨닫는 순간이었다.

"마지막 배첩의 주인을 가리거라. 뭣들 하느냐? 날이

더우니 서둘러 속행하라."

잔뜩 성이 난 지부대인의 음성을 신호로 두 사내의 걸음이 비무대 위로 이어졌다.

두 사람의 등장은 이전까지의 분위기와 달리 좌중을 더욱 집중시키는 것이었다.

그도 그럴 것이 둘 중 한 명이 소림의 무승이라는 것을 확실히 알아볼 수 있었기 때문이었다.

말로는 탁발 나온 수행승이라 법명조차 없다지만 그런 이가 고작 주먹질 하나로 곤명제일검객이라 불리던 조천쌍검을 그 자리에서 실신시킬 수는 없는 일이었다.

틀림없는 나한당의 무승일 터, 그것도 보통 나한승이 아니라 존망의 때가 아니면 출산을 불허한다는 백팔나한 중 하나가 아닐까 하는 추측까지 일게 할 정도였다.

그만큼 그에게 일권에 패한 조천쌍검의 무명이 높았던 것이고.

그런 무승의 상대로 나선 이는 까만 피부를 가진 건장한 청년이었다.

남만과 인접한 운남 땅에서 남만인을 보는 일은 흔할 수밖에 없는 일이었다.

하나 그가 처음 비무대 위에 등장했을 때 좌중 가운데 경악에 찬 눈빛을 보인 이가 한둘이 아니었다.

소문으로 떠돌던 벽마의 모습과 너무나 흡사하니 그 등장만으로도 지레 겁을 먹은 것이다.

물론 그런 이들 대부분은 오늘 일을 위해 외부에서 들어온 강호인들이었다.

남만인에 대해 익숙한 운남 사람들은 그저 큰 기대를 안고 구경을 시작한 것이다.

오래전부터 남만의 투술이 얼마나 무서운 것인지 익히 들어왔던 차였기에 과연 중원의 무공과 싸워 어떤 결과를 낼지 더없이 궁금했던 것이다.

거기다 보통 남만인들과 달리 체구마저 단단해 보이는 사내의 등장은 절로 기대감을 일으켰다.

그가 첫 비무를 펼쳤을 때 좌중의 반응은 극명히 교차했다.

그 상대가 운남제일도라 불릴 정도의 고수였는데 그야말로 피 튀기는 근접 박투가 벌어진 것이다.

남만의 투술이 일류도객의 반열에 든 이를 무참하게 박살내 버렸다.

그야말로 날짐승과 같은 움직임.

마치 무쇠로 된 듯한 팔다리의 공격이 상대의 몸통을 가격하는 순간 좌중은 열광할 수밖에 없었다.

하나 그를 벽마로 오인했던 이들은 이내 시들해진 것

도 사실이었다.

특히나 각기 무거운 중임을 안고 운남까지 온 이들의 눈에 그는 그저 별볼일 없는 남만인으로 비춰질 수밖에 없었다.

천하제일인에 가장 근접했다는 벽마가 고작 운남땅의 도객을 맞아 접전을 벌일 리 없다는 생각 때문이었다.

하여간 그 남만인은 매번 치열하게 싸워 마지막 비무까지 올 수 있었으나 상대는 이전까지 그와 싸왔던 이들과는 그야말로 격이 다른 존재였다.

소림의 나한승.

그 한마디로 이미 일류를 상회하는 무인임을 말하는 것이니 승부의 결과는 뻔해 보였다.

그 무렵 두 사람의 대결을 종용하는 징 소리가 연무장을 가득 울렸다.

먼저 움직인 것은 이족 사내였다.

순식간에 지면을 박차고 허공으로 뛰어오른 사내의 무릎이 그대로 나한승의 안면에 내리꽂혔다.

빠각!

누구의 뼈가 부러진 것인지 모를 격타음이 터져 나왔고 나한승의 머리가 뒤로 휘청이며 꺾였다가 제자리를 찾았다.

좌중은 경악과 함께 침묵했다.

그의 짐승 같은 움직임이 설마 나한승에게까지 통하리라 여긴 이가 없었기 때문이었다.

그렇게 공격했던 이족 사내가 반탄력에 몸을 뒤집으며 본래의 자리로 떨어져 내렸다.

그 한 번의 공방으로 좌중은 물론 비무장의 분위기마저 커다란 긴장감 속에 휩싸이게 되었다.

주르륵!

여전히 무표정하던 나한승의 두 콧구멍에서 맑은 핏물이 흘러내렸다.

어느새 입까지 흘러내린 핏물을 소매로 조용히 닦아낸 나한승의 입이 나직하게 열렸다.

"아미타불! 오는 것이 있으면 가는 것이 있는 법!"

나직한 일갈과 함께 그가 내뻗는 진각 소리가 비무장 전체를 들썩이게 했다.

쿵!

진각과 함께 뻗어 오는 어마어마한 권풍 앞에 선 이족 사내가 그대로 허공으로 솟구쳐 올랐다.

"백보신권!"

좌중 어딘가에서 터져 나온 탄성을 뒤로한 채 연이어

허공에 떠오른 이족 사내를 향해 나한승의 장인이 쉼 없이 뿌려졌다.

그것이 백보신권과 더불어 또 다른 칠십이종절예인 천수여래장임을 알아보는 이가 수없이 많았지만 전과 같은 탄성이 터져 나올 시간은 없었다.

그 천수여래장을 이족 사내가 몸을 이리저리 재빠르게 뒤집으며 피해 내는 급박한 상황이었기 때문이었다.

단번에 허공을 가득 메운 장인의 그림자를 간신히 피해 땅으로 추락했던 이족 사내가 지면을 밟자마자 그대로 나한승을 향해 몸을 날렸다.

승기를 잡았다 느끼며 다음 출수를 생각하던 나한승조차 전혀 예상치 못한 움직임이었다.

흡사 한 마리 날짐승이 나무에서 추락하자마자 지면을 박차고 뛰쳐나가는 듯한 모습이었다.

더구나 그 눈에서 뿜어지는 흉흉한 안광은 부동심의 경지에 이른 나한의 눈가마저 흔들리게 할 정도였다.

그렇게 전방으로 날아드는 이족 사내를 향해 나한승이 반보를 뒤로 뺀 채 오른 주먹에 공력을 집중시켰다.

다시 한 번 백보신권을 펼치기 위해서였다.

한데 그 순간 전혀 의외의 일이 벌어졌다. 이족 사내는 멈출 생각을 하지 않고 그대로 그의 가슴에 머리를 꽂아

넣어 버린 것이다.

쾅!

강렬한 폭음과 함께 나한승이 휘청거리며 뒤로 물러서자 이족 사내의 오른발이 연이어 나한승의 왼쪽 발목을 후려쳤다.

하나 나한승 역시 당하고만 있지 않았다.

일학충천의 한 수를 펼치며 사내의 하단 공격을 피한 뒤 곧바로 몸을 뒤집으며 강렬한 일장을 이족 사내의 가슴을 향해 내지른 것이다.

그렇게 뻗어 나간 나한승의 장심에 어린 은은한 비취빛 기운은 그것이 보리옥룡장(菩提玉龍掌)의 절초라는 것을 여실히 드러내는 것이었다.

백보신권에 천수여래장, 거기에 보리옥룡장 모두 소림이 자랑하는 칠십이종절예 중에서도 상승의 절학이라 꼽히는 것들이었다.

그런 것들을 한 몸에 쏟아내는 승려가 보통의 나한승이 아닌 것 또한 자명한 바, 하지만 그와 맞서는 이족 사내 역시 실로 기경할 만한 움직임을 연이어 내보였다.

가슴을 후려쳐 오는 장법을 피할 생각도 하지 않고 그대로 팔꿈치를 나한승의 명치를 향해 내지른 것이다.

조금 전 머리로 들이받았던 곳을 다시 한 번 타격해 가는 사내.

쌍방의 공격이 전혀 물러섬 없이 부딪히려는 순간 식견이 있는 이들은 나한승의 승리를 예견했다.

소림의 외문기공이 얼마나 대단한지 잘 알기 때문이며 거기다 칠십이종절예를 세 가지나 익힌 무승이라면 당연히 나한의 입문 공부인 금종조의 성취도 남다를 것이라 유추할 수 있었기 때문이었다.

하나 드러난 결과는 모두의 예상을 완전히 뒤집는 것이었다.

퍽!

보리옥룡장이 이족 사내에게 채 도달하기도 전 명치에 꽂힌 팔꿈치 한 방에 나한승의 신형이 그대로 허물어져 버린 것이다.

흡사 고목이 쓰러지듯 앞으로 쿵 소리를 내며 혼절한 나한승.

좌중은 경악 어린 눈으로 이족 사내를 바라볼 수밖에 없었다.

한 줌의 내력도 느껴지지 않는 이족 사내가 근접 박투만으로 소림의 절예를 펼치던 나한승을 순식간에 꺾어 버린 상황이었다.

물론 진정한 고수들 간의 싸움이 일초의 겨룸만으로 끝나는 일이 다반사라 하지만 이족 사내와 나한승의 비무는 병장기도 없이 일어난 박투에 불과한 것이었다.

그러한 박투가 이토록 짧은 공방 끝에 결말이 났다는 것은 무공의 차이가 그만큼이나 명백하다는 것을 뜻하는 것이었다.

거기다 칠십이종절예까지 쏟아낸 나한승이 방심하여졌다는 것 역시 말이 되지 않는 터라 모두들 이족 사내의 강함을 인정하지 않을 수가 없는 것이다.

너무나 놀라 환호조차 하지 못하는 좌중의 분위기 속에서도 이족 사내는 그저 담담했다.

까만 얼굴색 위로 번들거리는 땀방울을 훔치는 것이 고작인 사내.

그런 분위기가 못마땅한지 이 자리를 주재하는 운남의 지부대인이 카랑카랑한 음성을 내뱉었다.

"끝났으면 올라오지 않고 뭐하는가?"

무더운 날씨 탓에 지부대인 역시 연방 땀을 흘리고 있었다.

그가 있는 단상 앞까지 이족 사내의 걸음이 뚜벅뚜벅 이어졌다.

"그래 혼자서 이름 줄이나 적을 줄 아느냐? 누가 대신

적어 주거라."

이족 사내가 한자를 알고 있을 리 없다는 생각에 흘러
나온 지부대인의 음성에 여전히 짜증이 덕지덕지 묻어나
있었다.

한데 이족 사내는 누가 나서기도 전 뚜벅뚜벅 걸어가
단상 옆에 놓인 서탁 앞에 섰다.

푸른 비단 안에 한지를 덧대어 만든 한눈에도 고급스
런 배첩이 서탁 위에 놓여 있었는데 그 위에는 이미 지부
의 붉은 관인이 선명하게 찍혀 있었다.

망설임 없이 붓을 든 이족 사내가 배첩 위에 한 자 한
자 자신의 이름을 써내려 갔다.

사(死)
다(多)
인(人)

그가 써 내려가는 세 글자를 보며 지부대인의 표정은
두 번이나 크게 일그러졌다.

처음 놀란 이유는 그의 필체가 가히 명필이라 해도 손
색이 없을 정도였기 때문이었고 두 번째 놀란 것은 그 이
름자가 가진 참으로 무도한 뜻 때문이었다.

아무리 미개한 남만인이라 해도 어찌 저런 터무니없는 이름자를 사용할 수 있는 것인지 황당하다는 표정이었다.

그렇다고 해도 어쩌겠는가.

황제의 지엄한 령이 내려져 대역 죄인이 아니라면 누구라도 능력만 되면 배첩을 가질 수 있게 하라 했던 것을……

그렇다고 해도 지부대인의 내심마저 편안키는 힘든 것이다.

'끙! 이놈의 강호라는 건 당최 적응이 안 돼. 사람을 많이 죽이겠단 이름을 쓰는 이족 놈이라니…….'

하나 지부대인의 불만 가득한 눈초리를 전혀 신경 쓰지 않는 이족 사내는 자신의 배첩을 조용히 품 안에 갈무리했다.

꽤나 많은 이들이 자신을 주목하고 있음을 충분히 알 수 있었지만 전혀 신경 쓰지 않는 모습이었다.

'약해! 이런 녀석들이 전부라면 일족의 투술만으로도 충분해. 결국 이래저래 천목산으로 가야 한단 말이지…….'

*   *   *

산동 지부의 무림대회가 열리는 장소에 모여들었던 좌중은 그저 경악하고 있을 수밖에 없었다.

산동제일검이라 알려진 남종도의 처참한 모습 때문이었다.

태안검문의 문주이기도 한 그의 문파에 벌써 관에서 내린 붉은 배첩이 날아든 일은 산동인들이라면 다 아는 사실이었다.

한데 그가 지부대회에 참가해 또 하나의 배첩을 노린다 하니 이에 불만을 품은 이들이 한둘이 아니었다.

하지만 막상 대회가 시작되니 모두가 남종도의 모습에 열광할 수밖에 없었다.

수많은 외인들이 산동 지부에 몰려들었고, 그들 모두가 하나같이 명문 거파 출신의 고수들이었던 것이다.

그런 이들을 상대해 초절한 검예를 선보이며 연승을 펼쳐 나는 것이 남종도의 행보였으니 그가 산동 무인의 자긍심을 지키기 위해 나섰다는 것을 그제야 알게 된 것이다.

특히나 무당오검의 일인이라는 운정 도장을 꺾으며 선보인 검강지경의 무위에 남종도의 이름은 더없이 연호하게 만드는 일이 되었다.

최근 수십 년간 검강지경에 들었다고 알려진 이는 화산신검 정사휘와 곤륜의 태을검선, 그리고 검륜쌍절 단목중경 정도뿐이었다.

그들이 천중십좌의 한 자리씩을 차지하고 있는 것 역시 당연한 일인데 이제 산동에서도 그 반열에 든 무인이 나타난 것이다.

이는 산동무림인들의 크나큰 자부심이 아닐 수 없었다.

한데 그 남종도가 이름 없는 도객에게 무참하게 패한 것이다.

더구나 그 도객은 불구의 몸이었다.

팔 한쪽이 완전히 잘려 나간 몸으로 큼지막한 대도를 사용하는 사내.

그가 처참한 모습으로 혼절한 남종도를 지나쳐 배첩에 자신의 별호를 적는 순간 좌중은 또 한 번 놀라야 했다.

도왕.

칠패 중 또 하나의 이름 도왕 금도산.

그 역시 천목산으로 가는 배첩을 손에 쥔 것이다.

같은 시각 안휘의 지부에서 열린 비무대회는 다른 곳과는 그 양상이 또 달랐다.

누구도 예상치 못했던 인물의 등장 때문에 타지에서 온 이들이 출전할 생각조차 하지 못한 것이다.

천하제일 무암 진인.

그가 천중십좌로 알려진 현운 도장을 시동 삼아 비무 대회 참가했으니 각처에서 몰려들었던 구문오가의 무인들이 서둘러 안휘 땅을 떠나 버린 것이다.

배첩 하나를 얻는 것보다 이 엄청난 사실을 사문에 알려야 함이 더욱 막중함을 알기 때문이었다.

사실 그가 이번 일로 세상에 나선다는 소문은 꽤나 오래전부터 떠돌던 이야기였다.

하나 정말로 그가 나설 것이라 믿는 이는 거의 없었다.

세속을 초월해 등선지경에 이르렀다는 그 무암 진인이 이런 오물통에 발을 담을 리 없다고 확신한 것이다.

명리를 초월해 살았기에 또한 그 공명함이 오직 무당에만 치우친 것이 아니기에 불성과 함께 모든 강호인의 존경을 한 몸에 받아온 이가 바로 무암 진인이었다.

그런 이가 움직인 것이다.

그것이 단지 그의 사문 무당을 위해서만이 아니기를 간절히 바랄 수밖에 없는 것이 당금 강호의 실정이었다.

아니 애초에 그가 직접 움직여 구파와 오가를 설득했다면 이러한 대혼란이 일지도 않았을 것이다.

무암이라면 충분히 믿을 수 있기 때문이었다.

그가 현 무림의 최정점이며 그가 원한다면 비무대회의 끝은 그의 자리라는 사실 역시 당연해 보였다.

하니 황실의 비급들이 그의 손에 처리될 것이며 최대한 많은 이들이 납득할 수 있도록 공평무사하게 처리될 수 있을 것이란 짐작 역시 할 수 있었다.

그런 정도의 이름값을 지닌 존재가 바로 무암 진인, 물론 무당이 천하제일이란 이름을 가져가야 하겠지만 자파의 비급이 세상에 뿌려지는 것을 막는 대가라면 충분히 감내하고도 남을 일인 것이다.

그런 무암 진인이 안휘의 지부대회에 나선 것은 또 다른 엄청난 파문을 일으킬 수밖에 없는 일인 것이다.

*   *   *

사천 성도의 지부대회는 그 어느 지역보다 치열한 비무가 계속되었다.

청성과 아미, 점창에 당가까지 전력을 쏟아 붓고 있는 터이니 고작 열 장의 배첩만으론 성이 차지 않을 수밖에 없었다.

보통 하루 이틀 사이에 끝날 비무대회가 연 사흘에 걸쳐 진행되고 있을 만큼 많은 이들이 참가했고 그만큼 치열한 싸움이 계속되었다.

하나 그것도 사흘째 저녁에 이르러 거의 막바지에 이르러 있었다.

근 천 명에 달하는 무인들의 격전이 이어진 터라 비무대의 모습은 이미 폐허나 다름없이 변해 있었고, 여기저기 지워지지 않은 혈흔들은 그곳에서 있었던 싸움이 얼마나 치열했는지를 다시 한 번 입증하는 것이었다.

결과부터 말하자면 당가의 압승이었다.

암왕이 죽었다지만 당가는 정말로 강했다.

특히나 일반 비무가 아닌 독과 암기의 사용이 자유로운 생사투에서 당가의 위용은 실로 무시무시한 것이었다.

그나마 수화불침의 경지를 넘은 사천 무문의 전대 고수들만이 하나씩의 배첩을 얻었을 뿐, 대부분의 배첩은 당가의 차지였다.

그리고 마지막 한 장의 배첩을 두고 치열한 싸움이 계속되고 있었다.

점창파가 배출한 걸출한 검수 진우량과 천수(千手) 혹

은 독심마수란 별호로 불리는 암왕의 독녀(獨女) 당예예의 싸움이었다.

진우량은 일야태검(一夜太劍)이란 별호가 부끄럽지 않을 정도로 놀라운 검학을 선보였다.

특히나 쾌검은 물론 변검에 능해 당예예가 뿌리는 은혼사를 더없이 효과적으로 막아 냈다.

물론 당예예 역시 십수에 이름을 올렸을 정도로 고수였으니 진우량에 비해 결코 모자란 것은 아니었다.

하나 시간이 지날수록 당예예의 비세가 계속되었다.

그녀가 다른 당가 무인들과 달리 전혀 독공을 사용하지 않은 탓이었다.

거기다 진우량은 비무 전 점창의 비전 신약마저 취하여 내공이 전에 없이 충만한 상태였다.

초수가 거듭될수록 당예예가 수세에 몰릴 수밖에 없는 것이다.

더구나 진우량의 검에는 살심마저 가득해 비무에 임하는 마음마저 당예예와 천양지차라 할 수 있었다.

그도 그럴 것이 이전까지 비무에 참가했던 점창의 제자들 대부분이 당가에 무너졌으니 점창의 명예를 지키기 위해서라도 강렬한 기억을 남겨야 한다는 생각이었다.

게다가 상대는 암왕의 무남독녀이며 당가의 가주 계승 서열이 가장 높다는 여인, 그녀의 목을 취하는 일은 그저 내키지 않는다고 피할 수 있는 수준의 일이 아닌 것이다.

그런 생각으로 당예예를 몰아치던 진우량에게 마침내 기회가 왔다.

내력이 고갈된 탓인지 은혼사에 실린 기세가 현저히 떨어지며 몇 가닥의 실이 꼬인 것이다.

그렇게 생겨난 틈을 놓치지 않고 진우량의 검이 날카롭게 파고들었다.

당예예의 눈빛이 한순간 크게 흔들렸다.

단순히 기세만 그런 것이 아니라 상대가 진심으로 자신의 목숨을 노린다는 것을 깨달은 것이다.

세간에 알려진 진우량의 성품이라면 다소 과한 면이 없지 않았지만 그런 진우량의 살심을 이해 못할 것도 없었다.

그것이 명문 거파란 이름 아래 검을 든 자들의 숙명임을 당가의 여식인 그녀가 모를 리 없는 것이다.

그렇다고 목숨을 쉬 내줄 이유는 없었다.

그녀 또한 비장의 구명절초를 지니고 있었다.

진우량의 검이 은혼사를 가닥가닥 끊어낸 채 심장의

지척까지 이른 그때 그녀의 왼손 옷 소매에서 기다란 청색 죽통 하나가 튀어나왔다.

그렇게 손에 들린 청색 죽통에서 폭음이 터지며 수천 가닥의 우모침이 일시에 뿜어져 나왔다.

대경실색한 진우량, 그것이 당문의 삼대금용암기 중 하나라고 하는 이화멸우침(利火滅雨針)임을 알아본 것이다.

당장 검을 회수한다 해도 도저히 눈앞에서 날아든 수많은 우모침들을 전부 막아 낼 수는 없는 상황.

더구나 그 우모침 하나 하나에 극독이 발라져 있음이 이미 널리 알려져 있으니 최소한 양패구상이라도 해야겠다는 판단이었다.

진우량은 이를 피하기는커녕 외려 마지막 힘을 쥐어짜 검끝에 힘을 더했다.

이는 당예예조차 전혀 예상치 못한 일이었다.

조금 전 그녀가 사용한 암기는 보통의 이화멸우침과는 달리 우모침에 전혀 독을 발라 놓지 않은 것이었다.

하여 사혈만 피한다면 격중된다 해도 그저 대침 하나가 꽂히는 충격뿐이 줄 수 없는 암기였다.

한데 진우량이 지레짐작으로 양패구상을 택하였으니 그녀의 눈빛이 크게 흔들릴 수밖에 없었다.

그녀로선 도저히 진우량의 검을 피해 낼 수 없는 상황.

한순간의 판단 실수가 목숨을 잃게 만든다는 강호의 격언을 처절하게 느꼈지만 자신의 죽음을 돌릴 방법은 없어 보였다.

'유 공자의 만류를 따라야 했어.'

끝까지 참가를 막으려 했던 그 앞에서 오히려 더 발끈했던 것은 자신이 결코 약하지 않다는 것을 보이고 싶어서였다.

나도 강호의 무인이다.

당신이 터무니없이 강한 것이지 나 정도면 사천에서 열 손가락 안에 들 정도의 고수는 된다.

그런 것을 연후에게 보여 주고 싶었고 그럴 자신도 충분했다.

그녀 역시 조모 당영령이나 부친 암왕으로부터 무의 천재라 인정받은 무재를 지녔으니 마냥 불가능한 일만은 아닌 것이다.

하지만 진짜 솔직한 내심은 연후가 참가하는 모습을 보고 싶었다.

그가 당당히 천목산까지 이르러 그 무위를 만천하에 드날리는 모습을 보고 싶었던 마음이었다.

자신이 나선다면 그 역시 따라 나서 주지 않을까 하는

생각에 호기를 부린 것이다.

하지만 그는 전혀 나설 마음이 없었다.

그저 천목산까지만 가면 될 일이니 굳이 나서 비무라는 것을 해야 할 이유가 없다고 발을 빼 버린 것이다.

그러자 더욱 오기가 나서 비무에 열을 내게 되어 버렸다.

사실 자신의 실력으로 이 자리까지 온 것만 해도 대단한 결과라는 것을 아는 당예예였다.

이제껏 당가 식솔들이 수많은 사천 무문 고수들을 독과 암기로 제압했기에 가능한 일이었으며 그 과정에서 꽤 많은 이들이 치명상을 입거나 심지어 목숨을 잃은 이들도 있었다.

사정이 그러하니 일야태검 진우량의 독심은 전혀 비난할 것이 못되는 것이다.

다만 후회스러웠다.

아니, 연후가 원망스러웠다.

그럴 사이는 아니었지만, 원망하고 말고도 할 수 없을 만큼 가까운 사이라고도 할 수 없지만 그래도 마지막 순간에는 그의 무정함을 탓하고 싶었다.

'치! 평생 후회하라지. 어디 나 같은 여자가 또 있나

보라구······.'

마지막 순간 그녀의 머릿속엔 그런 생각들만이 남았다.

그러면서도 입가에는 한 줄기 미소가 그려졌다.

다행인지 불행인지 오래전 참혹하게 죽었던 정인의 모습은 떠오르지 않았다.

그저 요 근래 고리타분한 유생의 태를 조금은 벗은 것 같은 연후의 모습이 떠올랐을 뿐이었다.

눈을 질끈 감아 버린 당예예의 귓가로 강렬한 바람 소리 같은 것이 들려온 것은 그녀의 얼굴에 체념의 빛이 떠올랐을 때였다.

슈앙!

그리고 이어진 잠시간의 정적.

당예예가 조심스레 눈을 떴다.

그리고 눈앞의 예상치 못한 광경을 보며 그녀는 잠시 멍한 표정을 지을 뿐이었다.

진우량과 자신의 중간에 서 있는 사내.

흑의 무복 밖으로 뻗어 나온 그의 양손에는 각기 진우량의 검과 한 움큼의 우모침이 들려 있었다.

비무대 주변을 에워싼 채 멀쩡히 두 눈을 뜨고 이 광경을 지켜보던 수많은 사천 무림인들 모두 눈만 끔뻑거리고 있었다.

대체 언제 어떻게 그가 나타났는지, 또 어떻게 해서 이 화멸우침과 진우량의 검을 동시에 움켜쥐고 있을 수 있는지 알아본 이가 전무하기 때문이었다.

그것은 당예예의 맞은편에 선 진우량 역시 마찬가지였다.

너무 놀라면 말문을 잃을 수 있다는 이야길 몸소 확인한 진우량이었다.

그렇게 등장한 사내가 당예예를 말없이 응시했다.

당예예 또한 사내가 누군지 아는지 커다란 눈망울이 한참이나 흔들렸다.

그런 모습을 지척에서 지켜봐야 했던 진우량이 그제야 정신을 차리고 입을 열었다.

"누구냐? 대체 누구길래 감히 신성한 비무대 위로 난입을 한 것이냐?"

진우량의 음성은 분노의 심정조차 담지 못한 채 그 떨림을 지워 내지 못했다.

좌중 역시 이 정체 모를 사내의 등장에 더없이 긴장하며 침묵했다.

당연히 모든 이목이 사내에게 쏠려 있을 수밖에 없는 상황.

사내가 잠시 진우량을 바라보다 천천히 입을 열었다.

"이 여인의 지아비 될 사람입니다. 강호의 법이 지엄하다 하나 예로부터 부부는 외인이 아니라 했으니 형장께서도 이해해 주실 것이라 믿습니다."

사내의 말에 진우량은 다시 한 번 어안이 벙벙한 표정이었고, 내내 떨리는 눈망울로 사내를 응시하던 당예예의 얼굴에도 한 줄기 환한 미소가 머물렀다.

'휴, 저 말투! 겉모습만 바뀐 건가. 처음부터 다시 가르쳐야 한다구.'

당예예가 성큼성큼 걸어 나가 연후의 팔짱을 꼈다.

그리곤 연후의 귀에 대고 나직하게 속삭였다.

"이럴 때 누가 감히 내 여자를 해하려 하느냐라고 소리치는 거예요."

당예예의 말에 잠시 머쓱한 표정을 지은 연후가 고개를 돌려 그녀를 보았다.

순간 연후 역시 당황할 수밖에 없었다.

사정이 급박하여 나서긴 하였지만 그렇다고 진짜 그녀의 지아비가 될 생각은 없었기 때문이었다.

한데 웃고 있는 그녀의 눈속에서 그렁그렁한 눈물을 본 것이다.

톡 건드리기만 해도 그대로 쏟아져 내릴 것 같은 눈망울.

하나 그 눈을 보며 왠지 마음 한편이 따스해지는 것을 느끼는 연후였다.

연후에게 당분간 천수낭랑(千手郎郎)이란 뜻하지 않은 별호가 붙게 되던 날의 일이었다.

第十章

천목지회(天木之會)

중추절이 점점 다가오자 절강으로 모여드는 이들의 수
는 기하급수적으로 늘어만 갔다.

　더불어 천목산 일대에는 끊임없는 소란이 계속되었다.

　워낙에 많은 무인들이 모여드는 터라 바람 잘 날이 없
는 것은 당연한 일이었다.

　거기다 지부에서 푸른 배첩을 받은 이들만을 노린 암
습자들이 활개를 친다는 소문까지 있어 흉흉함이 더해 가
고 있었다.

　단순히 배첩을 노린 전대의 악인들이라는 이야기서부
터, 중살의 소행이 틀림없다는 이야기, 그도 아니면 구문
오가가 손을 잡고 푸른 배첩을 지닌 이들이 아예 대회에

참가하지 못하도록 척살하고 있다는 터무니없는 이야기까지 나돌고 있었다.

그러한 각각의 억측이 난무하는 가운데 정작 배첩을 잃은 이가 누구냐고 따지고 들면 정확히 답하는 이가 없으며, 죽은 이가 어디 있느냐고 물으면 그저 그런 소문을 들은 것이 전부라고 발을 빼는 이들만 있는 터라 무엇 하나 확실한 것 없는 흉흉함만 감돌고 있는 것이다.

하여 일찌감치 무림왕부의 성채를 구경하기 위해 절강으로 모인 이들도 천목산 근처 도시들을 배회하며 하루빨리 붉은 배첩을 받은 이들이 모여들기 바라고 있는 터였다.

그런 이유로 천목산에 인근 서호(西湖) 주변은 수많은 무인들로 북새통을 이루고 있었다.

천목산에서 불과 반나절 거리에 있는 서호는 항주에서도 물길로 고작 하룻길이니 그야말로 무인들이 모이기에 적격인 곳이었다.

본래부터 이름난 절경으로 유명한 서호인지라 객잔이나 주루가 성행하는 곳이었고 각기 그 객잔이나 주루마다 수많은 무인들이 모여 연일 이야기꽃을 피우고 있는 것이 서호의 모습이었다.

당연히 여기저기 피 튀기는 싸움과 소란도 끊임없이

이어지는 것이고.

그중 서호에서 가장 유명하다는 취흥루는 제법 행세깨

나 할 법한 무인들만 모여 있는 곳으로 나름 쏠쏠한 정보

들이 오가는 곳이었다.

"……산동에선 도왕 금도산이고 안휘에선 무암 진인이

란 말이지?"

"허, 이 친구 언제적 소식을."

"뭔가? 또 뭐가 있나?"

"호남 장사에서 벌어진 일에 대한 소식 못 들었나?"

"뭔가? 호남이라면 오수련의 영역 아닌가?"

"허허! 열 장 중 여덟 장의 주인이 단목세가 출신이라

고 하네."

"뭐라고? 그게 대체……."

"어마어마 하다고 하더구먼. 특히 소가주라는 이의 무

공은 권패 황보진을 일 초에 찍어 누를 만큼 엄청나다

고……."

"뭐? 권패 황보진?"

"그렇다네. 전대 십절이라 불리던 그 노고수가 일 초에

나뒹굴었다니…… 대체 얼마나 강하기에……."

"호남뿐인 줄 아나? 운남에선 독마가 나왔다네."

"헉! 독마?"

"진짜 재밌게 돌아가는 거지. 사천의 당가와 천독문의 후예가 맞붙을 수도 있으니까. 진짜 독의 조종을 겨루는 자리가 벌어질 거야."

"흠! 자네들 북패라는 이름은 못 들어 봤지?"

"북패. 그건 또 누군가?"

"솔직히 나도 모르네."

"이 친구 놀리나? 자네도 모르는 자를 어찌 거명하는가?"

"중요한 건 그 북패가 언가의 양화창 언무진을 단칼에 양단했다는 거지."

"헉! 언무진이라면 신창의 동생이라는……."

"맞아. 무위만 놓고 보면 천중십좌 급이라던 그가 정작 원수인 벽마는 만나 보지도 못하고 비무대 위에서 두 쪽이 났으니……."

"대체 북패의 정체가 무어길래?"

"모른다 하지 않았는가."

"이런, 그 생김을 알아야 투자를 하지. 남들 모르는 곳에 걸어야 큰돈이 되는 게 비무 놀음 아닌가? 이번에 한 몫 단단히 잡아야 할 것이 아닌가."

"확실히 그렇지. 내가 들은 건 생김이 조금 특별하다는 것뿐이야. 덩치는 보통 사람들보다 머리 하나가 크고 차림은 평범한 잿빛 무복을 입는다는데…… 옳지 저기 있는 저 사람이 딱 들은 것 하고 비슷하구먼. 그렇지 저렇게 생겨서 허리춤에 저 치가 쓰는 것 같은 대도를…… 머리는 특이하게 하나로 땋아 뒤로 넘긴……. 그러니까…… 저 사람처럼…… 서, 설마…….”

한데 어울려 이야기하던 이들이 창가 쪽에 앉아 있던 사내 한 명을 보더니 화들짝 놀라 말문을 잊어버렸다.

그들이 들은 것과 똑 닮은 모습을 한 사내가 그곳에 앉아 있었기 때문이었다.

때마침 그 맞은편에 앉은 젊은 사내가 입을 열었다.

“패륵! 벌써 유명해졌나 보네.”

“……”

“뭐 나는 상관없어. 하고 싶은 대로 해도 돼.”

“감사합니다.”

“감사할 거까진. 그런데 쉽지는 않을 거야. 소문 들어 보니까 만만치 않은 이들이 꽤나 되는 거 같구.”

“평생의 바람이었습니다. 중원의 무와 자웅을 겨루는 것이…….”

“그래, 그런 마음이라면 더 고마워. 그런데 알지? 내 친구들 괴롭힐 거 같은 인간이라면 손에 사정을 두지 말라고. 뭐 내버려 둬도 상관없겠지만……. 그저 비무가 다가 아닐 거란 생각이 자꾸만 드네. 대체 무슨 일을 꾸미는 걸까?"

무린은 의문 가득한 표정으로 마냥 창밖을 바라보기만 했다.

바쁘게 오가는 무인들의 발걸음 속에서 무언가를 찾고자 하는 무린의 눈빛은 오랫동안 창밖을 향한 채 움직이지 않았다.

마주하여 자리를 앉은 골패륵 역시 그런 무린을 묵묵히 지켜보고 있을 뿐이었고.

주루 안의 왁자지껄한 소란과는 완전히 동떨어진 듯한 침묵의 시간이 두 사람 사이에 가득한 때 무린이 갑작스레 공 하는 소릴 내뱉었다.

"평온한 시간도 이젠 끝인가?"

취흥루의 밖에서 무린을 보고 반갑게 손을 흔드는 여인의 음성.

"혁 공자님!"

단목연화의 밝은 음성과 달리 그 옆에 선 암천은 그저 죄스럽다는 표정으로 무린의 눈길을 외면할 뿐이었다.

의외인 것은 단목연화 옆에 또 한 명의 여인이 있다는 것이었다.

여전히 가슴에 검을 꼭 끌어안고 있는 여인, 바로 은서린이었다.

다만 그녀의 눈빛만은 사다인과 함께 있을 때와 달리 전에 없이 빛나고 있었다.

"축하해 주세요. 우리 둘 모두 다 배첩을 따냈거든요."

객잔 밖에서 소리치는 단목연화!

그 목소리가 일으킨 파장은 실로 엄청난 것이었다.

와자지껄하던 객잔의 소란스러움이 일제히 잦아들 만큼.

그리고 일어나기 시작한 은은한 탐심들이 목소리의 주인을 찾아 슬금슬금 이동하기 시작했다.

흡사 어린 양을 노리는 늑대의 조용한 발걸음처럼 여기저기 이어지는 조용한 움직임들.

무린의 눈에 어처구니없다는 빛이 감돌았다.

'에휴! 몇 달 못 본 사이에 예전으로 돌아가 버렸어!'

단목연화를 향해 내심 한숨을 내쉰 무린이 갑작스레 고개를 돌리더니 취흥루 안을 향해 소리쳤다.

"앉아!"

그 음성과 함께 취흥루는 시간이 멈춰 버린 듯이 변해 버렸다.

"조용히 앉아서 하던 일들이나 하라구!"

때마침 한 번 더 이어진 무린의 음성에 멈춰 있던 것

같던 주루 안의 시간이 다시 돌아가기 시작했다.

순식간에 다시금 이어지는 주루 안의 번잡스러움.

하나 그들 중 누구도 무린에게 관심을 두는 이가 없었다.

심지어 눈을 휘둥그레 뜰 정도의 미모를 지닌 여인 둘이 주루를 가로질러 창가까지 오는 동안에도 누구 하나 두 사람을 쳐다보는 이가 없을 정도였다.

단목연화와 은서린이 그렇게 다가오자 무린의 입에서 기어코 쓴소리가 한마디 튀어나왔다.

"여기서 무슨 일이 벌어질 줄 알고 그렇게 나대는 거냐?"

무린의 냉랭한 태도에도 불구하고 단목연화는 밝게 웃었다.

"걱정 없잖아요. 혁 공자님이 함께 있는데……."

"끙…… 말을 말지……."

*　　　*　　　*

"고맙네. 지명."

"별소릴. 그보다 몸은 이제 괜찮은가?"

"공력만 놓고 보자면 전보다 오히려 좋아졌다네. 좋구

먼, 대환단이란 것."

"우리에겐 해야 할 일이 있지 않은가?"

"암! 그래야지. 하나 정말로 괜찮겠는가?"

"대환단 말인가? 어차피 쟁여 두고 썩어 가던 것일세. 취하여 소림을 위해 보탬이 될 이도 없고."

"그것이 아니라……."

"하면 무얼 말하는 것인가?"

"곽영, 그 아이 말일세. 정말 벨 수 있겠는가? 원한다면 내가 대신 함세."

"그럴 수 없지 않은가? 내 손으로 축생을 길렀으니 단죄 또한 내 손으로 해야지."

"나는 정말 모르겠네. 내가 기억하는 그 아이는 오직 무 하나에 뜻을 둔 아이었거늘. 대관절 이런 천인공노할 일을 꾸미는 저의가 무엇인지……."

"중요한 것은 그것이 아니지 않은가? 보지 못한 세월 무슨 망상에 사로잡혔는지 누가 알겠는가. 진정 중요한 것은 천목산으로 비급이 옮겨지기 전 반드시 불태워야 한다는 것 아니겠는가?"

"당연한 일, 하나 그 아이가 우리를 아는데 그만한 대비를 하지 않겠는가?"

"그래도 어찌하겠는가? 해야만 하는 일, 반드시 해내

야만 하는 일인 것을."

　강호에 중살이라 불리는 이들, 그중 삼공과 일공의 대화가 이어지는 곳은 호북의 이름 없는 산중에 자리한 허름한 모옥이었다.

　그런 두 사람의 거처로 도사의 도관을 쓰고 불가의 가사를 걸친 기묘한 차림의 노인 하나가 들어왔다.

　그가 들어서자마자 일공과 삼공 앞으로 두 개의 천 쪼가리를 가볍게 내던졌다.

　이를 받아 확인한 두 사람의 노안이 크게 흔들렸다.

　푸른색 비단에 선명한 관인이 찍힌 배첩, 그것이 무엇인지 두 사람이 모를 리 없는 것이다.

　더구나 거기 적힌 선명한 자신들의 이름.

　"좋은 날이 오려는구나. 우리도 움직여야 할 때이구나. 가자꾸나. 가서 인간의 날들을 만들어 가자꾸나."

　노인의 말에 일공과 삼공의 얼굴이 일그러졌다.

　난데없는 배첩에 난데없는 말까지.

　정체를 감추고 살아온 세월이 얼마인데 무림대회 따위에 나설 수 있겠는가 하는 생각은 제쳐 두고 당장 눈앞에 해야 할 막중한 일이 있었다.

　사문의 존망이 걸릴 만큼 중차대한 일, 그런 일을 목전에 두고 배첩 따윌 내놓는 노인에 대해 둘의 불만은 참기 힘든 지경까지 이르렀다.

하나 노인의 태도는 여전했다.

"쯔쯔, 천무의 날이 끝나야 진정한 사람의 세상이 오는 것을 어찌 그리 모른단 말이냐?"

"선사! 하지만!"

삼공 육진풍이 발끈하여 입을 열다 노인의 눈빛에 말문이 막혀 버렸다.

단순히 기세가 아닌 눈에서 발해지는 너무나 자애로운 기운이 치밀어 올랐던 화마저 단숨에 날려 버렸다.

도저히 반발할 수가 없게 만드는 기이한 힘이 담긴 노인의 눈빛.

"가자, 가 보면 알 것이다. 내가 왜 이리 두려워하는지, 왜 세상의 무인들이 그를 그토록 두려워했는지, 그가 선인의 후예와 부딪히는 것을 보면 너희들도 알게 될 것이다. 그리고 그때를 놓치면 우리의 세상은 영원히 오지 않는다. 이 일은 과거의 비급 따위를 불태우는 것보다 천 배 만 배 중한 일이다. 우리 인간을 위해서……. 그 순간을 위해 너희들도 세상에 제 모습을 보여야 하는 것이다."

*　　　*　　　*

"휴! 정말 엄청나네요."

천목산 서천목산을 통하여 무림왕부의 외곽까지 이른 당예예가 저도 모르게 탄성을 내질렀다.

장성에 견줄 법한 대공사란 소문만 들었을 뿐이지 실제로 보게 된 무림왕부의 위용은 놀란 입을 쉬 다물지 못하게 할 정도로 엄청난 것이었다.

그녀 옆에 선 연후도 그런 당예예의 생각과 다를 수가 없었다.

그러면서도 마음 한편이 못내 불편한 것도 사실이었다.

"이 진우량 배첩을 사양하겠소. 내 실력을 알았는데 천목산에 가서 무엇하겠소. 이 배첩의 주인은 마땅히 저자의 것이 되어야 한다는데 이의가 없소이다."

성도의 비무대 위에서 있었던 일을 떠올리던 연후가 가슴속에 넣어 둔 배첩을 만지작거리며 나직한 한숨을 내쉬었다.

당예예의 목숨이 경각에 달한 상황이라 나선 것이지 배첩에는 전혀 관심이 없었기 때문이었다.

더구나 진우량의 뜻하지 않은 포기로 인해 남게 된 한 장의 배첩이 자신에게 돌아오게 될 줄은 상상치도 못했던 일이었다.

"귀하는 누구기에 감히 본관의 행사를 방해하는가? 이 대회가 황상의 지엄한 명에 따라 행하는 일임이 분명한 바 마땅한 이유가 없다면 황상을 모독한 죄로 엄히 다스릴 것이다."

사천 성도 지부대인의 서슬 퍼런 음성이 전부였다면 어찌 어찌 몸을 뺀 것으로 해결했을 것이다.

하지만 도저히 그럴 수가 없었다.

그 한 장의 배첩을 얻기 위해 뿌려진 피를 보았으며 그 한 장을 얻기 위해 혼신을 다한 무인들을 보았는데 어찌 배첩 따위 관심 없다는 말을 내뱉겠는가.

물론 배첩은 그저 받기만 할 뿐이지 실제로 천목산의 비무에는 나설 생각이 없었다.

하나 그마저도 쉽지 않은 일이 되어 버렸다.

비무가 끝난 뒤 진우량이 은밀히 연후를 찾아온 탓이었다.

"솔직히 말씀드리겠소. 그대가 본파의 장문인보다 월등히 강함을 알게 되었소이다. 또한 내 실력으로 올라갈 곳이 어디까지인지도 벌써 알고 있고. 부디 점창의 사일

검보, 그것 하나만 부탁드리겠소. 그것만 지켜낼 수 있어도 점창을 이어 갈 수 있소이다. 이렇게, 이렇게 부탁드리겠소."

그의 절절함은 이제껏 연후가 알고 있던 강호인들에 대한 편견마저 바꿀 수 있게 할 정도였다.

당예예를 향해 살심 가득한 검을 뿌리던 그 모습은 도저히 찾아볼 수 없었다.

때마침 나선 당예예의 음성은 연후가 천목산 대회에 나서도록 만든 결정적 계기가 되었다.

"누군가는 그곳에 가고 싶어 목숨을 내걸었는데 누군가는 갈 수 있음에도 그저 구경꾼으로만 남으려 하는 것이, 흡사 환관들 때문이라며 허송세월만 보내던 식자들의 변명 같네요. 제 일이 아니라 해도 불의하다면 나서야 하는 것이 비단 강호만의 일이던가요? 더구나 그 정도의 힘을 지닌 사람이?"

결국 천목산에 왔고 싸우겠다 마음먹긴 했으나 여전히 걸치고 있는 무복이 마냥 편하지만은 않은 연후였다.

그런 연후의 마음을 아는지 당예예가 옆에서 한마디를 했다.

"천수낭랑! 힘내세요. 아니, 반드시 그래야만 해요."

"……"

"당문회가 가진 자금 전부를 천수낭랑에게 걸었거든
요. 무림왕까진 그렇고 최후의 열여섯까지만 가 주심 평
생 놀고먹을 만큼 드릴 거예요. 자! 자! 힘내세요!"

〈『광해경』 제9권에서 계속〉

광해경

1판 1쇄 찍음 2011년 10월 31일
1판 1쇄 펴냄 2011년 11월 2일

지은이 | 이훈영
펴낸이 | 정 필
펴낸곳 | 도서출판 뿔미디어

기획총괄 | 이주현
편집장 | 이재권
편집책임 | 심재영
편집 | 문정흠, 이경순, 주종숙, 이진선
관리, 영업 | 김기환, 임순옥

출판등록 | 2002년 9월 11일 (제1081-1-132호)
주소 | 부천시 원미구 상3동 533-3 아트프라자 503호 (우)420-861
전화 | 032)651-6513 / 팩스 | 032)651-6094
홈페이지 | www.bbulmedia.com
E-mail | BBULMEDIA@paran.com

값 8,000원

ISBN 978-89-6639-374-9 04810
ISBN 978-89-6359-256-5 04810 (세트)

고수를 찾아서

한병철 지음

보건복지부위탁 실종아동전문기관의

『Missing child』 iPhone용 무료 어플리케이션

홍보 캠페인에 도서출판 뿔 미디어가 함께합니다!

《주요 기능》

● 실종된 아동의 사진 및 실시간 발생되는
　실종 아동 사진 검색 및 제보 기능
● 미취학 아동을 위한
　실종 예방 인형극 영상 및
　노래, 애니메이션
● 취학 아동을 위한 유괴 예방 영상

실종아동전문기관 홈페이지 (www.missingchild.or.kr)
또는 애플의 앱스토어에서 무료로 다운로드 받을 수 있습니다.
실종·유괴 없는 행복한 세상을 위해 여러분의 소중한 관심과
많은 참여를 바랍니다.

MEDIA

BBULMEDIA